청소년을
위한
소설심리
클럽

우린 이제 겨우 열여섯

초판 1쇄 펴낸 날 2012년 10월 29일
초판 4쇄 펴낸 날 2018년 3월 15일

지은이 | 구경미 김종광 이성아 장정희 조명숙 표명희
펴낸이 | 홍지연

기획 | 청소년온라인문학관 글틴
편집 | 김영숙 이혜재 김민정 소이언 전신애
디자인 & 아트디렉팅 | 정은경디자인
디자인 | 김민경
마케팅 | 이선행
관리 | 김미영
인쇄 | 에스제이 피앤비

펴낸곳 | 도서출판 우리학교
출판등록 | 제313-2009-26호(2009년 1월 5일)
주소 | (03993) 서울시 마포구 월드컵북로 6길 92 구성빌딩 2층
전화 | 02-6012-6094
전송 | 02-6012-6092
전자우편 | woorischool@naver.com

ISBN 978-89-94103-44-0 44810
     978-89-94103-36-5 44810 (전5권)

청소년을
위한
소설심리
클럽

테마 5

세상
속으로

우린
이제 겨우
열여섯

구경미
김종광
이성아
장정희
조명숙
표명희
지음

우리학교

아이들이 아프다.

태어나기도 전 엄마 뱃속에서부터 경쟁을 배우고, 초등학교에 입학하기 전부터 학원을 몇 개씩 다녀야 한다. 교실에서는 친구를 밟고 일어서야 자신의 존재를 드러낼 수 있다. 이긴 자만이 살아남는 것을 당연히 여기는 한국 사회에서 아이들 머리 위로 자살과 왕따, 성폭력의 어두운 그늘이 드리우는 것은 어쩌면 당연한 일이다.

그러나 동시에 아이들은 저마다의 삶에서 가장 순수하고 에너지 넘치는 시기를 지나고 있다. 오직 십 대만이 가질 수 있는 생기와 발랄함으로 아이들은 숨 돌릴 틈조차 없는 무거운 일상을 끌어안고 헤쳐 나가고 있다.

십대들의 푸르고 날것 그대로인 고민을 수다 떨 듯 유쾌하게 이야기해 볼 수는 없을까? 아이들 스스로가 가진 내면의 힘으로 자기 자신을 위로하고 치유하게 할 수는 없을까? 한국문화예술위원회가 운영하는 청소년 문학사이트 글틴(http://teen.munjang.or.kr)에 연재한 〈청소년을 위한 소설심리클럽〉은 이러한 고민에서 비롯되었다.

4

갈등 상황에 놓여 있는 아이들은 어른들의 충고나 조언을 '잔소리'로 알아듣기 쉽다. 마음의 문을 닫아 버린 아이들에게 비슷한 갈등 상황에 처한 친구의 이야기를 들려주는 것은 섣부른 충고보다 훨씬 큰 도움이 될 수 있다. 아이들의 아픔에 귀를 기울이고 있는 청소년 작가들에게 도움을 요청하였다. 아이들이 처한 크고 작은 갈등과 고민을 예민하게 포착하여 소설에 담아 달라 하였다. '현실의 문제점을 드러내고 반성하는 이야기도 아니고 아이들을 계몽하기 위한 이야기도 아니다. 아이들이 정서적 공감대를 느낄 수 있는 주인공을 통해 아이들이 자기 자신의 모습을 발견할 수 있게 해 달라'는 당부를 곁들였다.

그렇게 모인 소설들에 오랫동안 아이들과 교감을 나누어 온 교사들이 소설을 읽고 난 후에 함께 해 볼 수 있는 활동을 구성하였다. 주인공은 왜 괴로워하는 것인지, 주인공을 나와 견주어 보면 어떠한지 질문을 던져 봄으로써 문제를 해결해 나가는 실마리를 찾을 수 있도록 하였다.

"나다운 건 뭘까?", "내 삶은 앞으로 어떻게 펼쳐질까?"와 같은 제법 묵직하고 철학적인 고민에서부터 "머리를 기르고 싶은데", "짜증나는 친구와 절교를 해야 하나?"처럼 일상적이고 소소한 고민에 이르기까지 청소년기는 크고 작은 고민과 갈등으로 점철된 시기이다. 성장기의 고민은 삶을 살아가는 데 없어서는 안 되는 자산이자 어른이 되기 위해 누구나 마땅히 치러야 하는 값진 통과의례이기도 하다. 이 시기를 통해 청소년들은 '나'라는 자아의 윤곽을 만들어 가고 또 앞으로 살아야 할 삶의 방향 또한 결정하기 때문이다. 그러나 그 '값'은, 다른 한편으로는 '상처'의 값이기도 하다. 성장통은 누군가가 말했듯 그 시기를 통과한 사람들에게는 가벼운 한때의 홍역처럼 여겨질지 몰라도 고민의 복판에 서 있는 아이들에게는 우주의 무게와 맞먹는다.

어떤 고민을 가진 아이들이든 〈청소년을 위한 소설심리클럽〉에서 "이건 내 문제랑 똑같은데."라며 공감할 수 있는 작품을 만나게 될 것이다. '성장'이라는 외로운 터널을 지나는 아이들에게 이 책이 따뜻한 위로와 격려가 되어 주길 바란다.

온라인 청소년 문학관 〈글틴〉 편집위원
박상률, 김주환, 좌백

|차례|

((**

우리 이제
겨우 열여섯

- 구경미

\>\>

읽기 전에

언제였을까요? 세상에서 가장 예쁘고 멋지게 보이던 엄마 아빠가 사실은 돈을 벌기 위해 쩔쩔매는 보통 사람이란 걸 알게 된 것은. 학원 뺑뺑이를 시작했던 그때, 한 친구를 왕따시키는 일에 어쩔 수 없이 함께했던 순간. 그날 여러분의 어린 시절은 이미 끝났을 거예요. 그래도 세상은 그때까지 여러분을 어리다고 감싸 주곤 했지요. 하지만 지금은 어떤가요? 조금만 실수해도 어른들의 따가운 눈초리가 쏟아집니다.

어른이 된다는 것은 세상을 알아 가는 과정이지요. 어릴 때 보지 못했던 세상의 어둡고 추한 면을 알게 되고, 차갑고 혹독한 세상에 상처받기도 합니다. 소설 속 은성이는 모진 세상에 던져져 상처받고 아파하는 윤후를 도우면서 어른들의 위선과 억압에 부딪히게 됩니다. 아직은 열여섯, 얼마든지 실수나 잘못을 저지를 수 있는 나이지요. 그러나 그런 실수와 잘못을 딛고 일어설 수 있도록 그 어느 때보다 너그럽고 따뜻한 손길이 필요한 나이가 아닐까요? 소설을 읽으며 세상 속에서 어른으로 성장한다는 일의 의미를 되새겨 봅시다.

우린 이제 겨우 열여섯

◇ ◇ ◇

1.

이른 아침부터 집 안이 시끌벅적했다. 말소리 웃음소리 발소리, 그리고 싱크대 바닥을 때리는 물소리. 오늘도야? 잠에서 깨자마자 그런 말이 튀어나왔다. 이불을 뒤집어썼다. 참기름의 고소한 향이 꼭꼭 닫아건 방문을 넘어 이불 속까지 파고들었다. 내 의지와 상관없이 입안에는 군침이 돌고 배 속에서는 꼬르륵 소리가 났다. 잠에서 깨자마자 느껴야 하는 식욕이라니, 결코 유쾌하지 않았다.

엄마의 계모임 회원들이었다. 아줌마들은 벌써 몇 주째 일요일 아침마다 우리 집으로 몰려와 김밥을 쌌다. 이게 다 아버지가 없는 탓이었다. 낚시가 취미인 아버지는 토요일 오전에 집을 나가 일요일 저녁에야 돌아왔다. 사람들이 우리 집에서만 모이는 이유였다. 그런데, 웬 김밥? 그게 무슨 소풍이라도 되는 줄 아나. 나는 이불 속에서 투덜거렸다. 그나마 김밥이 다면 그러려니 하겠지만 어떤 아줌마는 과일을, 어떤 아줌마는 (김밥이 있는데도!) 밥과 반찬과 간식거리를, 또 어떤 아줌마는 떡까지 해 오기도 했다. 이해할 수 없었다. 고작 아파트 출입문이나 막으러 가면서 저 많은 음식들이 왜 필요한 거지? 게다가 몇 시간 뒤면 시퍼렇게 핏대 세우고 싸울 거면서 지금의 저 흥겨운 분위기는 또 뭔가. 마치 어디 경치 좋은 곳으로 놀러 가기라도 하는 것 같잖아.

처음엔 이렇지 않았다. 집을 나서는 엄마의 표정엔 비장미마저 감돌았었다. 물론 아줌마들이 우리 집으로 모이는 일도 없었고 김밥을 싸지도 않았다. 도대체 왜 입주를 막는 거야? 내가 물었을 때 엄마가 진지한 얼굴로 설명해 주었다.

"건설 회사가 잘못했으니까. 분양가를 턱없이 높게 책정했어. 전철역 생긴다고 거짓말까지 하고. 우리가 피해 본 만큼 돌려받으려는 것뿐이야. 그러기 위해선 무엇보다 단결이 중요해. 아무도 입주를 못하게 해서 본때를 보여주려는 거야."

몇 년 전 엄마는 계모임을 하던 회원들과 함께 새로 짓는 아파트에 분양 신청을 했었다. 누구는 당첨되고 누구는 떨어졌다. 그땐 당첨된 사람들끼리 축하 파티까지 하더니 이제는 시위 동지로 변해 매일 새 아파트로 몰려가 출입문을 지키고 일요일 아침마다 김밥을 만들었다.

"그래도…… 이사를 못 하게 하는 건 잘못 아닌가? 갈 데가 없는 사람들은 어떡해?"

"3년을 기다렸는데 몇 달을 못 기다리니? 다 같이 좋자고 하는 일이니 어쩔 수 없어."

엄마는 단호했다. 여전히 미심쩍은 부분이 있었지만 더 묻지 않았다. 그즈음 엄마는 새 아파트에 신경 쓰느라 눈에 띄게 살이 빠졌다. 잠도 제대로 못 자 늘 얼굴이 푸석했고, 눈 밑엔 주름이 몇 개나 더 생겼다. 그랬는데, 지금은 마치 잔칫집에라도 가는 듯, 소풍이라도 가는 듯 일요일 아침마다 법석을 떨었다. 새로 생긴 소일거리를 은근히 즐기는 게 아닐까 의심마저 들었다. 하지만 뭐 내 입장에선 오히려 잘된

우린 이제 겨우 열여섯

일이었다. 갑자기 바빠진 덕분에 내겐 신경도 쓰지 않았으니까. 오늘 뭐 하니? 엄마가 물을 때마다 독서실, 혹은 학원, 하면 그걸로 끝이었으니까. 예전처럼 확인 따위는 없었다.

바깥이 조용해질 때까지 침대에 누워 기다렸다. 화장실에 가고 싶었지만 참았다. 아줌마들의 관심이 부담스러웠다. 제발 좀 빨리들 가세요, 속으로 빌었다. 마침내 아홉 시가 되자 현관으로 몰려가는 소리가 들렸다. 엄마가 내 방문을 두드리더니 말했다.

"밥 차려 놨으니까 얼른 일어나서 먹고 공부해. 그럼 난 나간다."

드디어 가는구나. 나는 침대에서 일어났다. 바쁜 건 이 몸도 마찬가지라고. 오늘은 반 친구들과 함께 레코드 가게 주인아저씨를 만나러 가기로 했다. 윤후에게 얼마나 도움이 될지는 모르겠지만 가만히 있기에는 너무 억울했다. 형사 아저씨들은 도대체 뭐하는 사람들인지, 꼼꼼하게 조사하기는커녕 윤후에게 사실대로 말하라고 윽박지르기만 했다. 윤후가 아니라는데 뭘 자꾸 자백하라는 건가. 왜 윤후 말을 믿지 않는가.

일주일 전이었다.

"너지?"

레코드 가게 주인아저씨가 윤후를 다그쳤다. 대걸레로 바닥 청소를 하던 윤후는 어리둥절한 표정을 지을 수밖에 없었다.

"CD 훔쳐 간 범인, 너 맞잖아."

윤후는 고개를 저었다. 그러자 아저씨가 말했다.

"순순히 자백할 거라고는 생각 안 했다. 네가 아니라고 잡아떼니 어쩔 수 없다. 경찰서로 가는 수밖에."

　아저씨는 정말 윤후를 끌고 경찰서로 갔다. 윤후는 두 시간쯤 조사를 받은 뒤 집으로 돌아갈 수 있었다. 하지만 그게 끝이 아니었다. 다음 날 학교로 연락이 왔고, 선생님들은 물론 아이들도 다 그 사실을 알게 됐다. 쉬는 시간마다 아이들은 윤후를 돌아보며 수군거렸다. 어떤 아이들은 너 도둑질했다며? 아무렇지도 않게 내뱉고는 윤후의 반응을 살피기도 했다. 그럴 때마다 윤후의 얼굴이 벌게졌다. 아이들이 웃었다. 작은 악마들 같았다. 윤후는 매일 수업이 끝나면 경찰서로 가 조사를 받았다.

　레코드 가게 주인아저씨의 주장은 이랬다.

　윤후가 오고 난 얼마 뒤부터 CD가 없어지기 시작했다. 이틀 혹은 사흘 간격을 두고 다섯 장 내지 열 장씩. CCTV는 아무것도 말해 주지 않았다.

　"윤후라고는 꿈에도 생각 못했다."

　윤후라고는 꿈에도 생각 못한 아저씨는 CCTV를 더 늘렸다. 사이즈는 더 작게, 장소는 더 은밀하게. 그 사실을 아는 사람은 아저씨와 윤후뿐이었다. 며칠은 아무런 일도 일어나지 않았다. 그러나 다시 CD가 없어지기 시작했다. 이번에도 CCTV는 아무것도 보여 주지 않았다. 매장 곳곳에 '은밀하게' 설치돼 있음에도 불구하고.

　경찰서로 윤후를 끌고 간 아저씨가 말했다.

　"사실대로 털어놓으면 CD만 돌려받고 용서해 준다. 네 나이에 감사해라."

우린 이제 겨우 열여섯

그러나 아저씨의 주장은 전혀 논리적이지 않았다. 증거는 없고 의견만 있을 뿐이었다. CCTV에 아무것도 잡히지 않은 게 왜 윤후를 범인으로 몰아가는 이유가 되는가. 형사들은 왜 논리의 허점을 지적하지 않는가. 지적은커녕 은근히 동조하는 것처럼 보이는가. 편협하고 책임감 없는 어른들이 똘똘 뭉쳐 열여섯 살짜리 아이 하나를 지옥으로 떠밀고 있었다.

2.

약속시간에서 30분이 지났지만 다은이는 오지 않았다. 벌써 열한 시였다. 소희는 안절부절못했다.

"엄마한테 들키면 죽어."

소희가 말했다. 소희는 두 시까지 학원에 가야 했다. 다시 다은이의 핸드폰으로 전화를 걸었지만 받지 않았다.

"집으로 해 봐."

연호가 말했다.

"집 전화번호 모르는데……"

아이들이 한심하다는 눈으로 나를 쳐다보았다. 할 말이 없었다. 싫다는 아이들을 억지로 끌어모아 놓고서는 집 전화번호도 알아 놓지 않았으니.

"그냥 우리끼리 가자."

연호가 재촉했다. 학원에 가야 하는 건 연호도 마찬가지였다. 우리는 모두 같은 학원에 다니고 있었다. 학원에서는 오늘 중간고사 대비

예상 문제 풀이를 하겠다며 한 명도 빠지지 말라고 했었다. 다른 때는 몰라도 오늘만큼은 결석하면 안 되는 날인 것이다. 시간이 빠듯했다. 어른을 상대하기 위해서는 머릿수라도 많아야 하지만 어쩔 수 없었다. 우리는 레코드 가게로 향했다.

"그런데 은성이 너, 혹시 윤후 좋아하냐? 왜 이렇게 극성이야?"

앞서 가던 연호가 불쑥 돌아보더니 물었다.

"엉뚱한 상상하지 마. 반 친구 일이니까 나서는 것뿐이야."

"윤후가 아니라 나였어도?"

"당연하지."

그러나 그건 반쯤은 사실이고 반쯤은 아니었다. 연호가 똑같은 일을 당했다면…… 물론 돕기야 했겠지만 지금처럼 발 벗고 나서지는 못했을 것 같았다.

학교에서는 있는 듯 없는 듯 내성적이고 조용하기만 한 윤후. 덩치도 작고 키도 작아 중학교 3학년으로는 도저히 보이지 않는 윤후.

올해 초였다. 친구랑 약속이 있어 시내에 나갔다가 우연히 윤후를 보았다. 포장마차였고, 윤후가 커다란 주걱으로 떡볶이를 휘젓고 있었다. 학교에서는 아무 생각 없이 지나쳤는데 밖에서 아는 얼굴을 만나니 반가운 마음이 앞섰다.

"너 거기서 뭐 하니?"

다가가며 물었다. 윤후가 흠칫 놀라더니 고개를 들어 나를 보았다. 그러나 곧 얼굴까지 빨개져서는 내 눈을 피했다. 이마에는 송골송골 땀방울이 맺혀 있었다.

우린 이제 거우 열여섯

"니네 포장마차야?"

내가 묻자 윤후는 말없이 고개를 끄덕였다. 여전히 내 눈은 쳐다보지 못했다. 그때 윤후랑 똑같이 생긴, 30년 후쯤의 윤후라고 생각하면 딱 맞을 것 같은 남자가 다가오더니 윤후에게서 주걱을 받아들었다. 윤후 아버지라는 걸 한눈에 알 수 있었다. 윤후가 소개하기 전에 얼른 내 이름을 말하며 인사했다. 윤후 아버지가 환하게 웃었다.

"은성이라, 예쁜 이름이구나. 떡볶이 좀 먹을래?"

벌써 접시를 꺼내 드는 윤후 아버지를 향해 손까지 내저으며 괜찮다고 말했다. 곧 친구를 만날 거라고, 친구 만나면 배 터지게 먹을 거니까 미리 배 채우면 안 된다고. 내 말이 웃겼는지 윤후 아버지가 웃음을 터뜨렸다. 얼굴이 벌겋게 달아오르는 게 느껴졌다. 좀 더 교양 있게 사양할걸, 후회가 밀려들었다.

"난…… 가 봐야 하는데."

내 눈치를 보며 윤후가 말했다.

"어딜?"

"아르바이트하러."

"아, 그렇구나."

아르바이트하러 가야 하는데 나 때문에 못 가고 있다는 뜻이었다. 나는 윤후 아버지에게 인사를 한 뒤 먼저 자리를 떴다. 몇 개의 포장마차를 지나고 길모퉁이를 도는 순간 나는 멈춰 섰다. 문득 윤후 아버지의 얼굴이 낯설지 않다는 생각이 들어서였다. 어디서 봤더라. 분명 어디서 본 것 같은데. 가무잡잡하게 수염 난 얼굴이며 웃음 머금은 표정이 낯설지 않았다. 다시 걸었다. 걸으면서 계속 생각했다. 어디서 봤지?

내가 윤후 아버지와의 첫 만남을 기억해 낸 것은 친구를 만나고, 헤어지고, 집으로 돌아와 저녁을 먹고, 그것도 모자라 책을 읽고, 게임을 하고, 마침내 자려고 침대에 누웠을 때였다. 형광등을 끄는 순간 그 일이 떠올랐다. 아! 마트에서 나를 도와줬던 그 아저씨구나!

한 달 전쯤인가, 엄마 심부름으로 마트에 갔다가 진열대에 잘못 부딪치는 바람에 사과며 오렌지 같은 과일들을 떨어뜨렸었다. 퍽, 하는 소리에 판매원이 냉큼 달려오더니 눈살을 찌푸렸다. 얼른 사과했지만 일은 거기서 끝나지 않았다. 내가 떨어뜨린 과일은 내가 다 사야 한다고 했다. 퍽, 소리가 나긴 했지만 깨지거나 터지진 않았고, 멍이 조금 들긴 했지만 못 팔 정도는 아니었다. 무엇보다 내겐 그 과일들을 살 돈이 없었다. 거듭 죄송하다고 사과했다. 하지만 판매원은 꿈쩍도 하지 않았다. 부모님을 부르라고 했다. 겁에 질린 내가 대꾸도 못하고 불안에 떨며 서 있을 때였다. 한 아저씨가 다가오더니 바닥에 떨어진 과일들을 줍기 시작했다. 판매원과 나는 어리둥절한 얼굴로 바라보기만 했다. 아저씨가 말했다.

"이만큼은 제가 살게요. 그리고 이것들은 흠 하나 없이 멀쩡한데요."

그러더니 상처 입지 않은 과일들은 다시 진열대에 올려놓았다. 판매원은 아무 소리도 하지 못했다. 아저씨가 나를 돌아보며 말했다.

"가자."

아저씨를 따라 밖으로 나온 내가 고맙다고 하자 아저씨가 씨익, 웃으며 말했다.

"마침 집에 과일이 떨어졌거든."

내가 뭐라고 대꾸해야 될지 몰라 머뭇거리는 사이 아저씨는 두 손 가득 과일 봉지를 들고는 절룩절룩 멀어져 갔다. 그 아저씨가 바로 윤 후 아버지였다.

3.

"윤후는 절대 아니에요."

레코드 가게 주인아저씨는 내 얼굴을 힐끗 쳐다보고는 그대로 컴퓨 터로 고개를 돌렸다. 우리는 이미 안면이 있는 사이였다. 윤후가 이곳 에서 일한다는 걸 안 뒤로 시내에 나올 때마다 들렀었다. 딱 한 번이지 만 아저씨가 코코아까지 타 준 적도 있었다. 공짜 음악만 듣는 게 미안 해서 가끔은 용돈을 털어 CD를 사기도 했다. 내가 다시 말했다.

"어떤 바보가 자기가 일하는 곳에서 물건을 훔치겠어요. 그것도 한 두 번도 아니고. 제일 먼저 의심받을 게 뻔한데."

아저씨가 고개를 들어 나를 바라보았다.

"그건 네가 잘못 아는 거야. 범인은 언제나 내 가까이 있는 법이다. 나를 가장 잘 알고 현장을 가장 잘 아는 사람이야."

"그래도 윤후는 아니에요. 증거도 없잖아요."

"눈빛. 그 애의 흔들리는 눈빛. 그걸로 충분하다."

"저는 안 충분해요. 눈빛은 객관적인 판단 기준이 못 돼요."

"두고 보면 알겠지."

"아저씨 좋은 사람이잖아요. 윤후가 얼마나 억울할지 생각해 보세요."

"이건 다른 문제다."

"윤후가 아니라는데 왜 믿지 못하는 거예요? 윤후가 아니라잖아요."

"그 애 아버지가 찾아왔었다. 포장마차 팔고 전세금을 빼서라도 돈을 마련할 테니 합의해 달라고 빌더라. 다 자기가 못난 탓이니 이쯤에서 용서해 달라고. 그 애 아버지도 윤후 짓이라는 걸 알고 있는 거다. 다만 아들을 지키기 위해 덮자는 것뿐."

"그래서 그 돈을 받으실 건가요?"

"생각 중이다."

"혹시 처음부터 돈이 목적이었어요?"

"천만에. 하지만 잘못을 하면 대가를 치른다는 걸 알아야 한다. 그래야 두 번 실수하지 않는다. 남의 물건을 훔치는 것도 나쁘지만 그러고도 반성하지 않는 건 더 나쁜 짓이다."

"지금 윤후가 어떤 상황에 처해 있는지 알기나 하세요? 학교에 소문 다 나서 선생님은 윤후를 범죄자 취급하고 아이들은 벌레 보듯 해요. 매일 수업 끝나면 경찰서로 불려 가요. 형사들은 윤후만 보면 윽박질러요. 경찰서 안에 지나다니는 사람들은 어린놈이 벌써부터 이런 곳에 드나든다고 윤후 머리를 쥐어박아요. 아들이 이런 취급을 당하는데 어떤 아버지가 가만히 있겠어요. 윤후 짓이라는 걸 알아서가 아니라 보호하기 위해서라구요! 윤후를 그 지옥에서 꺼내기 위해서라구요!"

말을 하다 보니 점점 가슴속에 분노가 차올랐다. 나는 레코드 가게를 뛰쳐나왔다. 소희와 연호의 당황한 눈빛을 본 듯했지만 그대로 달렸다. 답답해서 미칠 것 같았다. 세상이 왜 이딴 식인가 싶었다. 내가

우린 이제 겨우 열여섯

할 수 있는 게 아무것도 없다는 사실이 절망스러웠다. 빨리 어른이 되고 싶었다. 어서 어른이 되어서 레코드 가게 주인아저씨와 형사들을 혼내 주고 싶었다. 모든 사람들이 내 말에 귀 기울이도록 만들고 싶었다. 하지만 지금은…… 할 수 있는 게 아무것도 없었다. 윤후와 윤후 아버지의 얼굴이 차례로 눈앞을 스쳐갔다. 포장마차를 판다면 아저씨는 무슨 일을 할 수 있을까. 다리가 불편한 아저씨를 받아 주는 곳이 있을까. 전세금을 뺀다면 두 사람은 어디서 살까.

학원으로 갈 마음은 나지 않았다. 가 봤자 수업에 집중하지 못할 게 뻔했다. 학교 근처 공원으로 갔다. 외로웠다. 가슴속에 분노는 차오르고 마음은 답답한데, 그러면서 또 외롭기까지 했다. 공원에서 뛰어노는 아이들과 그 아이들을 바라보는 엄마들의 미소가 내 외로움을 콕콕 찔렀다. 꼭 그래서는 아니지만, 윤후에게 전화를 걸었다. 윤후를 기다리는 시간이 한없이 길게 느껴졌다.

윤후는 신발 끝으로 땅바닥을 톡톡, 찍으며 서 있다가 어쩔 수 없다는 듯 벤치에 앉았다. 레코드 가게 주인을 만나고 왔다고 해도 대꾸가 없었다. 풀 죽은 얼굴로 땅만 내려다보았다. 나도 이렇게 답답한데 윤후는 오죽할까.

"그 아저씨 좋은 사람인 줄 알았더니 완전 잘못 봤어. 너를 범인으로 몬 게 돈 때문이었어. 세상에, 그것도 모르고! 어쩌면 도난 사건도 그 사람이 꾸민 짓일지 몰라. 내일 경찰서에 가서 다 말할 거야. 벼룩의 간을 내먹는다는 말이 그냥 속담인 줄 알았더니 그 주인을 두고 하는 말이었어. 완전 사기꾼이야."

그래도 윤후는 대꾸가 없었다. 얼마나 호되게 당했으면 이렇게 주눅이 들었을까. 마음이 아팠다.

"아저씨한테 절대 포장마차 팔지 말라고 해. 전세금도 빼지 말고."

윤후의 고개가 천천히 들어 올려지더니 내 얼굴에서 멈췄다. 두 눈 가득 물음표가 떠 있었다.

"모르고 있을 줄 알았어. 레코드 가게 주인이 그러더라. 아저씨가 찾아왔다고. 포장마차 팔고 전세금 빼서라도 돈 마련할 테니 합의하자고 그러셨대. 섭섭해할 필요 없어. 난 아저씨 마음 이해할 수 있을 것 같아. 널 의심해서가 아니라 보호하기 위해서 그러시는 거야. 아들이 여기저기 불려 다니면서 억울하게 범죄자 취급을 당하는데 어떤 아버지가 가만히 있겠어. 그러면 그게 더 이상한 거지."

윤후의 고개가 천천히 아래로 내려갔다.

"힘들다는 거 알지만 네가 조금만 더 참아. 합의하면 지는 거야. 빤히 알면서도 사기꾼한테 당하는 거라고. 어쩌면 너 말고도 피해자가 더 있을지 몰라. 그걸 조사해야 해. 형사한테 다 말할 거야. 우리 엄마 계모임 회원들이 딱 하루만 아파트 말고 경찰서로 같이 가 주면 좋은데. 그 아줌마들 목소리 큰 거 하나는 완전 알아주거든. 엄마한테 한번 부탁해 봐야겠다."

말을 하다 말고 뭔가 이상한 느낌이 들어 옆을 돌아보았다. 윤후의 어깨가 미세하게 떨리고 있었다. 왜 그래? 물으려는데 윤후의 무릎 위로 눈물방울이 떨어졌다. 너 울어? 물으려는데 윤후의 메마른 등이 점점 더 격렬하게 흔들렸다. 나는 입을 다물었다. 도대체 윤후가 왜 우는지 알 수 없었다. 내 말에 감동 먹었나? 싶었지만 그렇게 생각하기에는 울음이 너무 서러워 보였다. 그럼 아버지한테 감동 먹었나? 그렇게 생각하기에도 여전히 울음은 너무 길고 서러워 보였다. 어린 새의 헐떡임 같은 윤후의 울음 때문에 내 마음까지 먹먹해졌다. 차라리 소리 내어 울면 시원하기라도 할 텐데.

가늘고 질기게 이어지던 윤후의 흐느낌이 마침내 잦아들었다. 윤후가 무슨 말이든 먼저 꺼내기를 바라며 조용히 기다렸다. 소희와 연호에게서 문자 메시지가 왔지만 확인만 하고 답장은 보내지 않았다. 무슨 말을 해야 할지 알 수 없었다. 머릿속이 텅 빈 것 같았다. 이대로 어딘가로 가 버렸으면 싶었다. 5월의 햇살이 자꾸만, 여기 아닌 다른 곳으로 떠나 보는 게 어때, 속삭였다. 어느덧 윤후는 완전히 울음을 그치고 말간 얼굴로 돌아왔다. 주위의 새소리가 청명하게 들렸다.

"작년 겨울이었어."

고개를 숙인 채, 쉰 목소리로, 마지막 남은 힘을 쥐어짜듯 힘겹게 윤후가 입을 열었다.

"아빠한테 갔다가, 사람들이 막 아빠한테 소리치는 걸 봤어. 구청에서 나온 사람들이라고 했어. 그 사람들이 아빠한테 불법 노점이니까 철거해야 한다고 협박했어. 아빠는…… 한 번만 봐 달라고 사정하고…… 그 사람들은 안 된다고 그러고…… 아빠는 계속 사정하고…… 죄인처럼…… 굽실굽실…… 그 사람들이 비웃는데도…… 접시랑 젓가락 같은 걸 막 던지는데도…… 한 번만 봐 달라고…… 다른 데로 옮

기겠다고…… 내가 보고 있는데도…… 내가 보고 있다는 걸 알면서도……."

"아……."

"그렇게 살아왔던 거야, 아빠는. 나 때문에. 나 하나 키우겠다고. 나는 그것도 모르고 용돈이 적다고, 새 컴퓨터 안 사 준다고 불평만 했었어. 포장마차가 불법이라는 것도 그날 처음 알았어. 길거리에 널린 게 포장마차니까 당연히 해도 되는 건 줄 알았어. 그래서 아빠가 한자리에 오래 안 있고 여기저기 옮겨 다녔구나, 15년을 함께 살았는데 그 이유를 그날에야 알았던 거야. 바보같이. 의지할 사람이라곤 이 세상에 아빠하고 나 단둘뿐인데도 난 아빠한테 전혀 관심이 없었어."

"……."

"그날부터, 우리 가게만 있었어도 그런 수모는 겪지 않았을 텐데, 아빠가 비굴하게 굽실거리지 않아도 됐을 텐데, 하는 생각이 머릿속에서 떠나질 않았어. 방법이 없을까, 내가 할 수 있는 일이 없을까, 궁리하기 시작했어. 가게를 가지려면 돈이 있어야 하는데. 돈이. 내 주머니엔 달랑 5천 원짜리 한 장뿐. 아르바이트 최저 시급 4,580원. 수업 마치고 달려가서 하루 세 시간씩 일한다고 해도 고작 13,740원. 그 돈을 받아서 언제 가게를 내나. 10년쯤 걸리려나. 그땐 이미 아빠는 늙어서 일도 못할 텐데. 생각만 해도 한숨이 나왔어. 어느 날 인터넷을 하다가 우연히 알게 됐어. 원래 가격보다 싸게 내놓기만 하면 파는 게 그리 어렵지 않다는 걸. 인기 아이돌 그룹 같은 경우엔 멤버들 포토카드를 모으기 위해서라도 애들이 몇 장씩 산다는 걸. 그걸 안 순간 눈이 확 뜨였어. 환

호성이라도 지르고 싶은 기분이었어. 드디어 아빠를 도울 방법을 찾았던 거야. 내가 할 수 있는 일을."

"설마 너…… 너……."

나는 말을 잇지 못했다. 설마. 설마 윤후가.

"내가 한 짓 맞아. 나쁜 짓이라는 것도 알아. 처음 CD를 훔친 날부터 지금까지 하루도 편하게 자 본 날이 없어. 불안하고 두렵고 무섭고. 그만둘까도 생각했어. 사장님이 도둑 잡겠다고 CCTV 더 설치할 때는 정말 그만두려고 했어. 그런데 아빠만 보면 의지가 꺾이는 거야. 새벽부터 밤늦게까지 길거리에 서서 일하는 아빠. 또 언제 쫓겨날지 몰라 늘 불안해하는 아빠. 다친 다리가 저려서 잠도 제대로 못 자는 아빠. 일어나지도 못할 정도로 아파도 병원엔 절대 안 가는 아빠."

"아…… 그랬구나…… 아저씨가……."

"형사랑 사장님이 사실대로 말하라고 했을 때 차마 입이 안 떨어졌어. 아빠한테 부끄럽고 미안해서. 나 참 나쁜 놈이지? 네가 나 돕겠다고 뛰어다니는 걸 보면서도 아무 말도 못했어. 네가 비난하고 욕해도 할 말 없어. 아니, 당연한 거야. 난 비난받아도 싸."

고개 숙인 윤후를 보면서도 아무런 위로의 말이 떠오르지 않았다. 이런 상황에서 무슨 말을 할 수 있을까. 다만, 우린 이제 겨우 열여섯 살이라고, 누구나 실수는 한다고, 비난하지 않는다고 말해 주고 싶었지만 그 말조차 나오지 않았다. 지금 그런 말이 무슨 소용인가 싶었다.

소희에게서 다시 메시지가 왔다. 예상 문제 보고 싶으면 지금 당장 답장하라는 협박 문자였다. 핸드폰을 아예 꺼 버렸다. 지금 예상 문제가 중요한 게 아니었다. 윤후의 인생이 걸린 문제가 눈앞에 놓여 있었다. 윤후는 과연 어떤 선택을 할까. 윤후가 어떤 결정을 내리든 나는, 나는 강요하지 않을 생각이었다. 이제 어떡할 거냐고 조심스럽게 물었다.

"내일 사장님 만나서 다 말할 거야. 아빠한테서 포장마차를 뺏을 순 없어."

"어쩌면…… 용서 안 해 줄 수도 있는데? 감옥에라도 가게 되면 어떡해?"

"어쩔 수 없잖아. 잘못을 했으니 벌을 받을 수밖에."

담담한 척했지만 윤후의 얼굴은 두려움에 젖어 있었다. 오른손으로 왼손을 꽉 움켜쥔 모습이 그 두려움을 떨치기 위해 온 힘을 다하는 것 같아 마음이 아려 왔다. 발끝으로 바닥을 콕콕 찍다가 윤후에게 물었다.

"같이 가 줄까?"

"혼자 갈래. 그런데 아빠는…… 언제부터 알고 있었을까. 난 그냥…… 아빠를 돕고 싶었을 뿐이었는데…… 아빠만 모르면 된다고 생각했는데…… 이제 아빠 얼굴을 어떻게 봐야 할지 모르겠어."

또다시 윤후의 어깨가 떨리기 시작했다. 가만히 바라보다, 고개를 돌렸다. 대신 한낮의 해를 올려다보았다. 너무 강렬한 빛 때문에 찔끔 눈물이 나왔다. 잠시 잊고 있던 새소리가 다시 들렸다. 아이들이 떠드는 소리와 엄마들의 웃음소리가 들렸다. 또 다른 소리들도. 누군가를 부르고, 누군가와 장난치고, 누군가와 얘기하는 소리들. 공원은 그런

소리들로 넘쳐났다. 다들 즐거워 보이는데, 행복해 보이는데, 그런데 윤후의 해피엔딩은, 도대체 어디에 있는 걸까. 어떻게 해야, 윤후의 해피엔딩을 찾을 수 있을까.

윤후의 떨림은 그 후로도 오랫동안 계속되었다.

구경미

특별한 일이 없는 한 매일 소설을 쓰(고자 하)고, 책을 읽고, 산책을 하고, 가끔 여행을 하고, 더 가끔 사람들을 만나며 조용히 살고 있습니다. 제가 사는 동네에는 학교가 참 많습니다. 예전에 살던 동네도 그랬고 지금도 그렇습니다. 그러고 보면 동네마다 다 학교가 많은 건데 제가 사는 동네만 그렇다고 착각하는 건가요. 뭐 어쨌든 재잘재잘 떠들고, 웃고, 얘기하고, 장난치고, 분식집 앞에 몰려서 있는 아이들을 보면 여러 가지 생각들이 떠오릅니다. 그중 하나는, 앞으로도 계속 이 동네가 아이들의 재잘거림 웃음 대화 장난으로 떠들썩했으면 좋겠다는 것입니다.

그동안 펴낸 책으로 소설집 『노는 인간』 『게으름을 죽여라』, 장편 소설 『미안해, 벤자민』 『라오라오가 좋아』 『키위새 날다』 『우리들의 자취 공화국』이 있습니다.

● 1. 소설에 등장하는 어른들의 행동 중에 은성이가 발견한 어른들의 위선적인 모습을 모두 찾아 적어 봅시다.

레코드 가게 사장	마트 판매원

2. 윤후가 도둑이라는 사실을 알았을 때 은성이의 기분은 어땠을까요? 다음 윤후의 고백을 듣고 은성이의 입장이 되어 윤후에게 무슨 말을 해 줄지 상상해 봅시다.

윤후 : 형사랑 사장님이 사실대로 말하라고 했을 때 차마 입이 안 떨어졌어. 아빠한테 부끄럽고 미안해서. 나 참 나쁜 놈이지? 네가 나 돕겠다고 뛰어다니는 걸 보면서도 아무 말도 못했어. 네가 비난하고 욕해도 할 말 없어. 아니, 당연한 거야. 난 비난받아도 싸.

은성 : _____

_____

_____

_____

3. 윤후는 올바르지 못한 일을 하면서도 마치 막다른 길 앞에 선 사람처럼 "난 그것밖에 방법이 없었어."라고 말합니다. 다음 두 그림을 비교해 보고 잘못된 선택에서 빠져나오려면 어떻게 생각을 바꿔야 할지 고민해 봅시다.

그림 설명 : 막다른 길을 정면에서 그린 그림. 다른 길이 없기 때문에 막힌 길 앞에서 좌절감을 느낄 것 같다.

나의 느낌 : _____

_____

_____

그림 설명 : 막다른 길도 위에서 보면 막다른 길이 아니다. 얼마든지 돌아 나와 다른 길을 선택할 수 있을 것 같다.

나의 느낌 : _____

_____

_____

4. 다음은 다른 친구들이 소설 속 윤후처럼 어리다는 이유로 불합리한 대접을 받았던 경험을 적은 것입니다. 여러분들의 경험을 말해 보고 그때 어떤 느낌이 들었는지도 함께 이야기해 봅시다.

- 엄마가 마음대로 내 가방을 뒤지고 휴대폰을 열어 보았을 때 나를 믿지 못하는 것 같고 사생활이 침해당하는 것 같아 기분이 나빴다.
- 옷 가게에서 옷을 고르는데 점원이 내가 묻는 말에 제대로 대답을 해 주지 않아 무시당하는 느낌이 들었다.
- 이사를 갈 때 부모님께서 내 의견은 묻지도 않고 일방적으로 결정한 다음 알려 주셔서 소외감이 들었다.

- _____
- _____
- _____

5. 다음 글을 읽고 어떨 땐 '다 컸으면 나잇값 좀 해라.', 또 어떨 땐 '어린 게 뭘 안다고!' 하며 그때그때마다 다르게 청소년을 대하는 사람들의 태도가 왜 문제가 되는지 생각해 봅시다.

보통 청소년은 다른 어떤 세대보다도 더 많은 기대와 역할을 요구받는다. 인생의 가장 중요한 시기이니 이러이러한 생각과 태도를 가져야 한다거나

우린 이제 겨우 열여섯

청소년은 무한한 가능성을 갖고 있으니 어떠어떠한 행동을 해야 한다는 둥 그 이유와 요구도 다양하다. 이러한 기대와 요구는 청소년에 대한 관심의 표현이겠지만, 조금 더 깊이 들여다보면 청소년기가 사회가 원하는 특정한 상을 대입하기에 가장 좋은 시기이기 때문이다.

우리는 이미 성인이 되었거나 나이가 든 사람들에게는 구체적인 이미지나 특정 행동 양식을 요구하지 않는다. 그들이 발전 가능성이 없어서? 아니다. 특수한 경우를 제외하고 성인에게 특정 행동 양식을 요구하거나 규제하는 것은 월권에 해당하고, 심할 경우 다툼이나 분쟁으로 번지기 때문이다. 하지만 청소년에게는 똑같은 요구와 규제가 관심의 표현이라는 이름으로 자연스럽게 행해지고 있다. 청소년기는 미성숙한 시기이며, 따라서 청소년은 규제할 수 있는 대상이라고 여기기 때문이다.

우리는 흔히 청소년은 나이가 적기 때문에 모두 미성숙하다고 생각한다. 하지만 세상에는 청소년보다 더 미성숙한 어른도 많다. 단순히 나이가 많아서 성숙하고, 나이가 적어서 미성숙한 것은 아니라는 말이다. 오히려 우리 사회가 어린 사람을 모두 미성숙한 존재로 여기는 편견에서 벗어나지 못하고 있는 것이 문제이다.

미국의 정신과 의사인 W. 휴미실다인은 『몸에 밴 어린 시절』이라는 자신의 책에서 다 자란 성인에게도 내면 혹은 외면적으로 죽을 때까지 자기 안의 '어린아이'가 따라다닌다고 했다. 희로애락이 교차하는 우리 삶 속에서 미처 자라지 못한 아동기의 자신이 불쑥 튀어나오는데, 이로 인해서 미성숙한 행동을 하는 어른들도 얼마든지 존재한다는 것이다. 이처럼 성숙 혹은 미성숙을 나이라는 기준만으로 판단할 수는 없다.

청소년은 어린이도 아니고 성인도 아니다. 단지 어린이보다 나이가 많고 성인보다 나이가 적은 존재일 뿐이다. 어린이와 성인 어디에도 해당되지 않는 고유한 특성을 지녔고, 동시에 어린이와 성인의 특징을 모두 지니고 있다. 우리 모두는 수많은 특성을 동시에 가진 존재이다. 우리 청소년도 지금 다만 어린이에서 성인으로 가는 어느 한 길을 걷고 있을 뿐이다.

김민아, 『**인권은 대학 가서 누리라고요?**』(끌레마) 중에서

우린 이제 겨우 열여섯

((**

메롱공화국

- 조명숙

읽기 전에

　　여러분에게 지금 가장 필요한 것, 가장 갖고 싶은 것은 무엇인가요? 돈이라고요? 가만히 주위를 둘러보면 세상 사람 모두가 돈에 목말라하고 돈을 더 많이 가지길 원합니다. 돈도 인간이 만든 것인데 왜 사람들은 돈에 지배당하고 돈에 휘둘리며 사는 걸까요? 꼬마가 동네 구멍가게에 아이스크림을 사러 갑니다. "아까도 먹었잖니. 너무 많이 먹으면 배 아프단다." 가게 아줌마는 꼬마를 그냥 돌려보냅니다. 꼬마가 편의점에 가면 점원은 "어서 오세요."라고 정중하게 서비스를 제공하며 아이스크림을 수십 개라도 판매합니다. 구멍가게 아줌마는 이웃집 아줌마로 꼬마와 인간적인 관계를 맺지만 편의점에서는 그 사람이 누구든 돈을 매개로 상인과 고객이라는 경제적 관계를 맺을 뿐입니다.

　　여기 할아버지의 고물상에서 일하는 네 시간 동안 돈 때문에 새로운 관계를 경험하는 두 소년이 있습니다. 우리가 세상 속으로 들어간다는 일은 어쩌면 '돈'과 어떻게 관계를 맺을지, '돈'을 어떻게 바라보아야 할지를 결정하는 일이 아닐까요? 메롱공화국에서 중요하고 또 어렵기만 한 돈과의 관계 맺기를 함께 경험해 봅시다.

◇◇◇

1.

규봉이는 당연 펄펄 뛰었다. 예상했던 바지만, 하도 반응이 격렬해서 나는 거짓말을 해야만 했다.

"네 시간이야. 딱 네 시간이면 거금 이만 원이 생긴다는 거 아냐."

"진짜 이만 원이지? 나한테 이만 원 다 주는 거지?"

진희와 사귀고부터 규봉이의 목표는 오로지 돈이었다. 진희가 전문점에서 파는 아이스크림을 좋아하기 때문이었다. 아이스크림 한 번 사주면 일주일치 용돈이 날아간다면서, 몇 달째 전전긍긍이었다.

규봉이가 동의함에 따라 교문 앞에서 우리는 메롱공화국으로 향했다. 고등학생이 되고 치른 첫 중간고사가 끝난 날이었다. 맘 같아선 집에 가서 푹 쉬면서 성적 같은 거 싹 잊어버리고 싶었지만 할아버지 명령을 거절할 수 없었다. 엄마가 곗돈을 왕창 날린 일로 아빠는 집을 날렸고, 우리 식구는 모두 할아버지 신세를 지고 있는 중이었다.

집과 가까운 곳에 있는 메롱공화국은 할아버지의 고물상을 말한다. 폐지나 빈 병, 헌 옷 등 각종 재활용품을 수집해서 팔러 오는 사람들에게 할아버지가 대통령 같은 존재라서가 아니다. 생각에 잠길 때나 화가 날 때, 또는 심각한 문제가 생겼을 때 혀를 낼름거리는 일종의 틱 같은 것이 할아버지에게는 있었는데, 그 모습이 꼭 메롱! 메롱! 약올리는 것처럼 보인다며 규봉이가 지은 것이다.

"근데 믿어도 될까? 내가 십칠 년을 살면서 이런 사람 저런 사람 다 봤지만 메롱할아버지만 한 구두쇠는 본 적 없거든."

"닥치고 빨리 좀 걸어. 늦었다고."

"빨리 좀 걸어, 늦었다고? 니가 어른이냐? 벌써 십 분째 똑같은 방향으로 똑같은 식으로 걸었는데, 이제 막 중간 마친 내가 왜 그래야 되는데? 이번엔 니가 꼴찌해 줄래?"

규봉이가 가방을 바닥에 팽개쳤다. 가방처럼 바닥에 주저앉은 규봉이가 가방을 열었다. 그러더니 스니커즈를 벗고 하이탑 운동화로 바꿔 신었다.

"뭐 하려고 그래?"

어이없어하는 사이, 규봉이는 카디건과 교복 셔츠 그리고 바지를 훌훌 벗어던졌다. 지나가는 사람이 이상한 눈길로 보건 말건 규봉이는 신축성이 좋은 티셔츠와 힙합 바지로 갈아입었다.

"윤상규! 넌 달려!"

가방을 내게 휙 던지며 규봉이가 외쳤다. 그리고 훌쩍 몸을 날렸다. 어! 어! 하는 사이에 규봉이는 물구나무서 있었다. 물구나무서 있나 했더니 어느새 덤블링, 규봉이 몸이 저만치 가 있었다. 파쿠르라던가 프리러닝이라던가를 하는 사촌형을 따라다니면서 배웠다는 재주였다. 나는 가방 두 개를 들고 뛰었다.

2.

메롱공화국에 도착했을 때 할아버지는 수레 가득 폐지를 싣고 온 곱추 할머니에게 고래고래 소리를 지르고 있었다. 소리를 지르면서 메롱까지 하느라고 할아버지 입은 엄청 바빴다.

"종이에 물 먹이지 말랬지? 이런 식으로 하면 안 받아 준댔잖아!"

곱추 할머니가 맞고함을 질렀다.

"물 먹인 거 아니야. 이슬 맞아서 그런 거래도!"

규봉이가 혀를 쯧쯧 찼다.

"저 봐라, 봐라. 역시 구두쇠 메롱이셔. 이백 원 아니면 오백 원 깎으려고 진짜 너무하신다."

사이, 할아버지가 나를 발견하고 삿대질로 다가왔다.

"왜 이렇게 늦었어? 한 시간이나 늦다니, 그동안에 동네를 한 바퀴 돌았으면 오천 원은 벌었겠다."

엄청 화를 낸 할아버지는 부랴부랴 점퍼를 입더니 주머니에서 돈을 꺼냈다. 천 원짜리 지폐와 오백 원, 백 원, 십 원짜리 동전이 뒤섞여 있었다.

"옛다, 이만 원. 종류별로, 저울 잘 달아서, 저기 적힌 가격대로 매입하고, 남은 돈은 돌려줘야 한다."

그러더니 할아버지는 횡하니 가버렸다.

"이런 걸 대략 난감이라고 한다."

규봉이가 헌 의자에 털썩 주저앉았다. 의자 다리가 삐꺽 소리를 냈다. 내 머릿속에서도 삐꺽 소리가 났다.

"네가 말한 이만 원이 그 이만 원이냐?"

체념한 표정으로 규봉이가 팔짱을 꼈다. 얼굴이 확 달아올랐다. 거짓말은 금방 들통이 났고, 규봉이는 가 버릴 기세였다. 혼자서 온갖 종류의 헌 물건이 겹겹이 쌓인 고물상을 지켜야 한다니, 생각만 해도 아득했다. 눈치를 살피면서 내 용돈을 털어서 햄버거와 콜라라도 사 줘야겠다고 마음먹고 있을 때 규봉이가 말했다.

"너, 나한테 이만 원 빚진 거다. 접수했냐?"

고개를 끄떡였다. 이만 원을 모으자면 두 달은 고생해야 할 것이다. 할아버지가 너무너무 원망스러웠다. 그때 곱추 할머니가 재촉했다.

"빨랑 달아서 돈 안 주고 뭐해?"

나는 폐지 수레를 저울 앞으로 끌고 갔다. 수레에는 종이 상자와 신문지, 그리고 파지와 헌책이 뒤죽박죽이었다. 그것들을 종류별로 분류해서 저울에 달고, 각각 가격을 매기자니 정신이 하나도 없었다. 규봉이는 본체만체 폰과 놀았다.

땀을 뻘뻘 흘리면서 분류와 무게 달기를 마치고 벽에 붙어 있는 가격표를 보았다. 폐지, 고철, 빈 병, 구리, 알미늄 등의 고물에 대한 가격표가 삐뚤삐뚤한 글씨로 적혀 있었다. 폐지도 종류에 따라 종이 상자, 신문지, 파지 등으로 분류되어 있었다.

할아버지에게 받은 돈 중에서 곱추 할머니에게 지불할 돈 사천삼백오십 원을 꺼냈다. 곱추 할머니는 돈과 나를 번갈아 말끄러미 쳐다보더니 혀를 쯧쯧 찼다.

"어린 것이 아주 지독하구나."

메롱공화국

"네?"

곱추 할머니가 이번에는 킁, 하고 세게 코웃음을 쳤다.

"백 원짜리에 십 원짜리까지, 우리 같은 사람 상대로 먹고살면서 너무 야박하지 않냐? 사천 원 하고 몇백 원이면 오천 원 주고, 오천 원하고 몇백 원이면 육천 원을 주는 거야. 그런 걸 인정이라고 한다."

나는 할 말을 잃고 곱추 할머니를 쳐다보았다. 주름이 많고 검은 얼굴에다 키가 작은 할머니였다. 등이 볼록 튀어나온 탓에 어깨에서 곧장 뻗은 팔이 침팬지처럼 길었다. 심부름 왔다가 몇 번 본 적도 있었고, 지나가다 전단지나 구겨진 종이컵까지 악착스레 줍고 있는 모습을 본 적도 있었다. 힘겹게 수레를 끌고 메롱공화국을 찾아오는 걸 보고 일부러 못 본 척하기도 했다.

메롱공화국을 찾아오는 사람들은 대개 아주 늙었거나 몸이 불편했다. 그들이 가져오는 재활용이 가능한 물품들을 사들여 이윤을 남기고 파는 것이 할아버지의 사업이었다. 그런 만큼 할아버지는 몸이 불편하거나 늙었거나 간에 사정을 두지 않았다. 사정을 봐주기로 치자면 끝이 없고, 그렇게 소문이 나면 당장 고물상 문을 닫아야 할 거라고 했다. 법원에 법이 있다면 고물상에는 고물상의 원칙이 있었다. 나는 곱추 할머니에게 버럭 소리를 질렀다.

"종이에 물이나 먹이지 마세요!"

내 버럭에 그때까지 존재감을 접고 있던 규봉이가 벌떡 일어났다. 규봉이는 다가오더니 곱추 할머니 손에서 다짜고짜 돈을 빼앗았다. 그리고 내 주머니에 손을 집어넣어 내 돈도 뺏어 갔다.

"할머니. 여기 만 원. 이만 하면 되겠어요?"

규봉이는 천원짜리 열 장을 세어 곱추 할머니 손에 쥐어 주고, 나머지 돈을 내 주머니에 다시 쑤셔 넣었다.

"얘가요, 공부만 못하는 게 아니라 철도 없어요. 오늘은 제가 값을 매겨드릴 테니까, 어서 가셔서 폐지 또 모아 오세요. 지금부터 딱 네 시간 동안 고물값 팍팍 준다고 소문도 내세요."

팔을 아래위로 흔들면서 규봉이가 건들거렸다. 어이가 없어 쳐다보는 사이 곱추 할머니는 기뻐하며 수레를 끌고 사라졌다. 나는 규봉이의 등짝을 후려쳤다.

"이 자식이, 미쳤냐? 네가 주인이냐?"

"나 주인 아냐. 그러니까 이러는 거다."

"뭐라고? 이 자식이······."

3.

나는 규봉이의 멱살을 잡았고, 규봉이는 내 멱살을 잡았다. 우리는 폐지 위에 나뒹굴었다. 주먹이 오가고, 엎치락뒤치락 한바탕 난리를 친 다음에 우리는 지쳐 떨어졌다. 숨을 몰아쉬면서 규봉이가 말했다.

"너 담에 뭐가 되고 싶댔냐? 우주 비행사?"

규봉이가 갑자기 물었다.

"그렇다, 왜?"

"우주 터미널엔 고물 많겠지?"

"우주 터미널이 아니라, 지구 밖 우주는 고물 집합소라더라. 세계 여러 나라에서 쏘아 올린 인공위성이 다 우주 고물이라니까. 먼지만큼 작은 금속에서부터 수백 킬로그램에 달하는 우주선 부품도 많대더라."

"난 이담에 고물상 할란다. 우주 고물상. 우주 쓰레기 주워다 팔면 엄청 괜찮겠더라. 죄다 고급 금속이래잖냐."

난데없는 우주 고물상 얘기였지만 나는 시큰둥 대답했다.

"그러시든지. 하여튼, 사태를 어떻게 책임질 거냐? 참고로, 나 돈 없다. 돈이 없을 뿐 아니라 너한테 이만 원 빚까지 있는 신세다."

규봉이가 킥킥 웃으며 말했다.

"그럼 난 빚쟁이네. 신난다. 그런 거 꼭 한번 해 보고 싶었거든. 아빠 사업 망했을 때 빚쟁이들이 집으로 몰려온 적이 있었는데, 어릴 때였지만 기분이 정말 더럽고 이상하더라고. 당하는 사람 기분 같은 거 그 사람들도 느껴 보게 해 주고 싶었어."

한숨을 내쉬며 내가 말했다.

"빚쟁이 원망할 것 없어. 입장 바뀌면 피차 마찬가지 아니겠어?"

친구란 자식의 꿈이 고작 빚쟁이에 고물 장수라니, 여간 실망스럽지 않았다. 하지만 실망이고 절망이고 매달려 있을 틈이 없었다. 당장 축난 돈부터 어떻게 해야겠는데, 규봉이는 천하태평이었다.

"좀 전에 그 할머니랑 너랑 다투는 거 보면서 생각한 건데 말야. 우리 지금부터 메롱할아버지 돌아오실 때까지 고물 팔러 오는 사람한테 달라는 대로 주기 하자."

"이만 원 주셨는데 벌써 만 원을 썼다. 고작 만 원으로 뭘 어쩌겠다고."

"나한테 비상금 약간 있거든. 넌 없냐?"

나는 머리를 저었다. 할아버지와 살게 되고부터 만 원 이상 가져 본 적이 없었다. 용돈은 필요할 때마다 조금씩, 그것도 엄청 잔소리를 덤으로 얹어서 받아야 했고, 삼촌이나 이모, 매형이나 할머니처럼 몰래 쥐여 주는 사람도 없는 처지였다.

"네가 비상금을 투자하든 말든, 그것까지 난 책임 못 져."

"좋아. 그럼 작업은 상규 네가 해라. 오케이?"

뭘 어쩌겠다는 건지 몰라서 나는 대충 대답해 버렸다. 규봉이가 의자에 앉아 헛기침을 했다.

"이제부터 나는 메롱공화국 대통령이다. 총리는 명령에 따르기 바란다."

눈을 흘겨 주고 나는 구석을 찾아가서 앉았다. 폰을 열어 게임을 시작했다. 규봉이가 무슨 궁리를 하든 할아버지가 돌아올 때까지만 그럭저럭 버틸 작정이었다. 설마 만 원 이상 지출해야 할 일이 생기지는 않겠지.

4.

그런데 어찌 된 일일까. 한 시간이 채 지나기 전에 폐지와 빈 병을 가득 실은 수레가 공화국에 도착했다. 다리를 저는 사십대 남자였다. 값을 잘 쳐 준다 해서 집에 쌓아 뒀던 걸 가져왔다고 했다. 규봉이 자식이 뱉은 말을 곱추 할머니가 그 사이에 퍼뜨린 걸까?

폐지를 저울에 달고, 빈 병을 종류별로 나눠 값을 매기자 이천 원이

나갔다. 다리를 저는 남자는 아무 말도 않고 이천 원을 받아 갔다. 빈 병을 모아 온 할아버지가 있었고, 책 한 보따리를 들고 온 깔끔한 차림의 아주머니가 있었다. 종류대로 가격을 매겨 정확하게 셈을 치렀는데도 남은 만 원이 순식간에 나가 버렸다.

그러는 사이에도 규봉이는 폰을 끼고 앉아 메롱공화국의 상태에 대해서는 모른 척했다. 나는 그만 문을 닫아야겠다고 생각했다. 할아버지께는 만 원어치 고물을 사고, 만 원은 규봉이랑 이것저것 군것질을 했다고 대충 둘러댈 계획을 세웠다. 엄청난 구두쇠일 뿐만 아니라 돈 계산에는 비상한 재주를 가진 할아버지니까 내가 사들인 고물이 이만 원어치가 되는지 안 되는지는 금방 알아차릴 것이다. 군것질했다면 장난 아니게 야단을 맞겠지만 어쩔 수 없었다.

"돈 떨어졌으니 문 닫아야겠다."

나는 폰에서 눈을 떼지 않고 있는 규봉이에게 소리쳤다. 규봉이가 폰을 주머니에 넣고 일어나서 지그시 쳐다보았다.

"돈 다 나갔다고? 그럼 이제부터 진짜 내 공화국이네."

규봉이는 두 팔을 들고 헐헐 웃더니, 곧 폴짝폴짝 뛰었다. 뭐가 좋은지, 만세라도 부를 기세였다. 미친 걸까, 에라 모르겠다 싶어서 나는 규봉이가 앉았던 의자에 털썩 주저앉았다.

그때 허리가 직각으로 꽉 꺾인 할머니가 유모차를 끌고 왔다. 유모차에는 조각조각 잘린 종이가 담긴 비닐봉지가 실려 있었다. 도저히 값을 매길 수 없는 분량이었다. 규봉이가 유모차 할머니에게 말했다.

"아유, 할머니. 고물 가져오셨네요. 그래, 얼마 받으실래요?"

말이 잘 들리지 않는지 유모차 할머니가 귀에다 손나발을 했다. 규봉이가 한층 더 큰소리로 말했다.

"얼마가 필요하냐구요!"

비로소 알아들은 듯, 유모차 할머니가 축 처진 눈꺼풀 속에 가늘게 감춰진 눈을 깜빡거리면서 말했다.

"천 원만 줘. 우유 사 먹게."

뭘 몰라도 너무 모르는 할머니였다. 폐지 중에서도 파지는 제일 쌌다. 유모차가 넘치도록 가져와도 천 원어치가 될까 말까인데 한 주먹이나 되는 걸 가지고 와서 다짜고짜 천 원을 달라니. 냉정해지려고 애쓰면서 나는 규봉이를 쳐다보았다. 규봉이가 이천 원을 쥐어 주면서 할머니 귀에 대고 소리를 질렀다.

"여기 이천 원 있어요, 할머니. 우유 두 개 사 드세요."

투자하네 어쩌네 하더니 규봉이 자식, 결국 구두쇠 메롱할아버지를 엿먹일 심산이었던 것이다. 유모차를 끌고 돌아가는 할머니 등에 대고 깍듯이 인사까지 하는 규봉이에게 나는 자포자기한 심정으로 말했다.

"너 그만 가라. 이만 원 빚진 거, 두 달 안으로 갚을게."

규봉이가 데면데면하게 말했다.

"내가 왜 가? 가고 싶으면 네가 가."

"그걸 말이라고 하냐? 계속 이런 식으로 할 거야?"

"이런 식으로 하자고 했잖아, 내가. 너도 동의한 줄 알았는데?"

"내가 언제? 너 혼자 멋대로 지껄였잖아. 남의 사업 말아먹지 말고 그냥 꺼지는 게 좋겠다."

규봉이가 할아버지처럼 낼름 혀를 내밀어서 메롱하며 말했다.

"싫다면?"

참을 수 없어서 나는 눈에 보이는 알미늄 막대를 집어들었다. 강제로라도 쫓아낼 생각이었다. 하지만 나는 규봉이 상대가 못 됐다. 규봉이는 훌쩍, 날렵하게 몸을 날려 막대를 피했다. 몇 번 더 시도했지만 마찬가지였다. 나는 지쳐서 막대 날리기를 포기했고, 규봉이는 다시 혀를 내밀며 메롱을 했다. 정말 약 오르고 화가 났다.

할아버지 메롱은 땀을 닦느라 시작됐다고 들었다. 일을 하다 흘러내리는 땀을 닦을 틈이 없어서 혀로 땀을 핥아먹었는데, 그게 완고한 행동이 돼 버렸다고. 할아버지의 어찌할 수 없는 선택이었던 메롱을 규봉이가 함부로 흉내 내는 건 할아버지를 틱 장애가 있는 어벙이 정도로 여긴다는 얘기였다.

머릿속에서 또 삐꺽 소리가 난다 싶을 때 통조림 깡통 세 개를 든 할아버지가 찾아왔다. 규봉이는 친절하게 맞이하고서, 할아버지가 달라는 대로 천 원을 주었다. 깡통 세 개에 천 원이라니, 온몸이 활활 타오르는 것 같았다. 규봉이 자식, 메롱할아버지가 고물을 팔러 오는 사람들에게 인색하게 군다는 욕을 자기식으로 하고 있었던 것이다. 잔뜩 배려심 있는 태도를 취하고서 어른스런 척하다니 아니꼬웠다. 차라리 메롱할아버지 구두쇠, 자린고비라고 한마디하고 말 것이지, 이렇게 더러운 경우가 있나 싶었다.

규봉이에 대한 반발심에서 나는 잠깐 긍정적으로 할아버지를 생각해 봤다. 할아버지로 말하자면 세상에 고물상을 하기 위해 태어난 사람이었다. 일제 시대 말기에 태어났고, 야학에서 한글과 숫자 셈을 익힌 할아버지는 농사짓는 집에서 머슴살이를 하다가 도시로 와서 넝마주이를 시작했다고 했다. 그 일을 평생 해 오는 동안 할아버지는 한 번도 말끔한 적이 없었고, 한 번도 함부로 돈을 쓴 적도 없었지만, 당신 스스로는 대단한 자부심을 가지고 있었다. 행색은 남루해도 빚을 진 일도 남에게 도움을 청한 적도 없으니 그만 하면 잘 살아 낸 셈이라면서 말이다.

나는 삐꺽 소리를 내는 의자에 앉았다. 아무리 고물상을 하는 구두쇠지만 내게는 하나뿐인 할아버지였다. 제발 헌 옷 좀 입지 말라고 엄마가 사정하고 호소해도 할아버지는 고물상에 들어오는 헌 옷을 골라 입었다. 신발뿐만 아니라 양말까지 헌것 중에서 골라 신은 탓에, 할아버지 차림새는 항상 너절하기 짝이 없었다.

훌륭한 사람이 차고 넘친다는 걸 대략 알게 된 지금까지 고물 장수 할아버지를 자랑스럽게 여긴 적은 물론 한 번도 없었다. 때로는 밉고 때로는 한심했다. 그렇지만 최소한 나는 할아버지를 함부로 대하지는 않았다. 존경할 수는 없지만 존중해야 할 사람이 바로 할아버지였으니까.

삐꺽 소리가 나는 의자를 흔들면서 나는 숨을 골랐다. 삐꺽 삐꺽 의자의 신음소리가 엉망이 된 머릿속을 휘저었다. 이제 규봉이랑은 끝난 것이다. 규봉이가 없다면 세상에 친구는 하나도 없게 되지만, 결심을 해야 했다. 나는 폰을 꺼내 할아버지 번호를 눌렀다. 그리고 규봉이가 들을 수 있게 큰 소리로 또박또박 말했다.

"할아버지. 고물상에 도둑이 들었어요! 빨리 좀 오세요!"

5.

할아버지는 사십 분이나 지난 뒤에 땀을 뻘뻘 흘리면서 나타났다. 흐르는 땀을 혀로 닦느라 열심히 메롱을 하고 있었다. 나는 보기 딱해서 할아버지를 쳐다보았다. 그 사이에 규봉이는 제 비상금 이만 원을 써 버린 상태였다.

"고물상에 도둑 들었단 소리, 평생에 처음이다."

할아버지는 내게서 의자를 빼앗아 앉더니 메롱을 하면서 숨을 몰아쉬었다. 할아버지처럼 낡은 의자가 삐꺽 소리를 냈다. 나는 할아버지의 빈손을 쳐다보았다. 길을 가다가 쓸 만한 게 있으면 박카스 병 하나라도 집어 오는 할아버지였는데, 빈손이라니, 허겁지겁 달려온 게 분명했다.

"그래 뭘 가져갔냐?"

잠시 숨을 고른 할아버지가 물었다. 우물쭈물하고 있자니까 규봉이가 냉큼 대답했다.

"도둑 안 들었어요. 아무 일도 없었는데 상규 저 자식 괜히 그래요."

할아버지가 나를 쳐다보았다. 계속 우물쭈물하다간 규봉이에게 당할 것 같아서 나는 사실을 말하기 시작했다. 할아버지가 내게 부탁한 시간은 네 시간, 그중에서 세 시간이 지났는데 그동안 규봉이가 한 짓을 하나도 빠지지 않고 일러바쳤다. 이러다간 나쁜 소문이 돌아서 고물상이 망하게 될지도 모른다는 말까지 덧붙이고 나니 속이 후련했다.

내 말을 다 들은 할아버지가 의자에서 일어났다. 그리고 내게로 성큼 다가오더니 다짜고짜 뺨을 갈겼다. 얼마나 세게 갈겼는지 몸이 휘

청했고, 눈앞에서 별이 왔다갔다 했다. 나는 확확 달아오르는 뺨에 손을 대고 할아버지를 쳐다보았다. 허겁지겁 올 때처럼 땀을 뻘뻘 흘리면서 할아버지 혀가 쉴 새 없이 나왔다가 들어갔다 하고 있었다. 그리고 다시 번쩍, 뺨에 불이 일었다.

아픔을 느낄 겨를도 없이 나는 두 눈을 부릅뜨고 할아버지를 노려보았다. 쪼글쪼글하고 검게 탄 얼굴에 머리가 하얀 할아버지도 나를 노려보았다. 규봉이가 겁먹은 얼굴로 나와 할아버지를 번갈아 쳐다보았다. 나는 두 손을 불끈 쥐고 소리를 질렀다.

"왜 때려요? 뭘 잘못했다고 때려요?"

씨이에서 시작해 연발로 욕이 터지려는 순간, 할아버지가 말했다.

"뭘 잘못했는지 모르겠냐, 아직도? 고등학교씩이나 다닌다는 놈이 그렇게 세상의 안과 밖을 몰라? 규봉이보다 못한 놈."

이런 걸 적반하장賊反荷杖이라고 한다. 할아버지 고물상을 멋대로 운영한 건 규봉이지 내가 아니었다. 그런데 규봉이를 칭찬하고 나를 혼내다니. 머릿속에서 의자 흔들리는 소리가 났다. 삐걱 삐걱. 고물 의자 같으니라고. 내 머릿속에 고물 의자를 남겨 놓고 할아버지는 다시 가 버렸다.

한참동안 나는 멍하니 앉아 있었다. 규봉이는 내 주위를 맴돌면서 시나브로 메롱이나 하고 있었다.

조명숙

어릴 때 꿈은 그냥 평범하게 사는 것이었다. 책을 좋아했지만 읽는 것으로 만족. 아이 둘을 키울 때는 늘 아이들 눈높이에 맞춰 살려고 했다. 그래서 세상 사는 일에 아직도 서툴다.

아이들 다 키운 뒤 늦게 소설가가 되었지만 어릴 때 꿈꾸었던 평범의 틀을 벗어나지 않아서 기쁘다. 글 쓰다 감자 삶고, 글 쓰다 김치 담고, 글 쓰다 바느질하고······. 꿈이었던 평범을 깨뜨리지 않으려고 항상 노력한다. 글 쓰는 일은 세상을 살아가는 여러 방식들 중의 하나일 뿐이니까.

2001년 《문학사상》 신인상을 받으면서 등단했고 2006년 장편동화 『누가 그랬지?』로 제14회 MBC창작동화대상을 받았다. 소설집 『헬로우 할로윈』 『나의 얄미운 발렌타인』 『댄싱 맘』 외에 장편 소설 『바보 이랑』, 청소년 장편 소설 『농담이 사는 집』, 그림 동화 『샘바리 악바리』, 산문집 『우리동네 좀머씨』를 썼으며, 아내들을 위한 연시집 『하늘 연인』을 엮었다.

읽고나서

가장 값비싼 이야기

● 1. 상규에게는 오늘 하루가 평소보다 길었을 것입니다. 다양한 상황을 겪으며 상규의 마음 속 날씨는 어떻게 변했을지 표시해 봅시다.

규봉이에게 할아버지의 고물상을 지키면 이만 원을 벌 수 있다고 거짓말을 하고 함께 갈 때	
고물을 가져온 곱추 할머니에게 "어린 것이 아주 지독하구나."라는 말을 들었을 때	
규봉이가 "이제부터 나는 메롱공화국 대통령이다."라고 말했을 때	
규봉이가 제멋대로 고물값을 쳐 주고 할아버지의 메롱을 흉내 내며 상규를 약 올렸을 때	
규봉이와 끝낼 것을 각오하고 할아버지에게 고물상에 도둑이 들었으니 빨리 오라고 전화했을 때	
연락을 받고 오신 할아버지가 규봉이는 놔 두고 상규의 뺨을 다짜고짜 때렸을 때	

54

2. 할아버지는 규봉이 대신 오히려 상규를 야단칩니다. 혼이 난 상규에게 소설 속 등장인물들이 각각 어떤 위로를 해 줄지 상상하여 적어 봅시다.

- 할아버지 :

- 규봉이 :

- 곱추 할머니 :

3. 여러분에게 규봉이나 상규처럼 돈이 간절히 필요했던 순간은 언제였는지 떠올려 봅시다. 그리고 필요한 돈을 어떻게 마련했는지도 이야기해 봅시다.

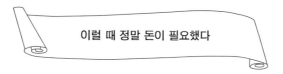

이럴 때 정말 돈이 필요했다

	돈이 필요했던 순간	돈을 마련한 방법
1위		
2위		
3위		
예시	친구 생일에 선물 마련	아끼던 CD를 중고 장터에 팔았음

4. 돈을 함부로 쓴 적도 없고 행색이 남루해도 빚을 지거나 남에게 도움을 청하지 않는 할아버지의 태도를 상규는 존경하지요. 할아버지에게 돈이란 무엇이었을까요? 돈에 대한 여러분의 생각을 [   ] 안에 적어 봅시다.

- 돈은 똥이다. 왜냐면 한곳에 모아 두면 견딜 수 없는 악취가 나지만 골고루 사방에 흩뿌리면 거름이 되고 아름다운 꽃을 피워 내니까.
- 돈은 굴렁쇠다. 오르막길을 올라갈 땐 채로 조심조심 받쳐 주어야 하지만 내리막길에서는 잡을 틈도 없이 빨리 굴러가 버리니까.
- 돈은 짝사랑이다. 왜냐면 아무리 알뜰살뜰 사랑해도 나에게 사랑을 안 주니까.
- 돈은 손톱이다. 왜냐면 너무 길면 위험하고 짧으면 아프니까.
- 돈은 [   ] 다. 왜냐면 _____ 니까.

5. 주머니 안에 들어 있는 것들을 돈으로 살 수 있을지 없을지 생각해 봅시다. 만약 돈으로 살 수 없다면 그 이유는 무엇인지 다음 글과 같은 방식으로 써 봅시다.

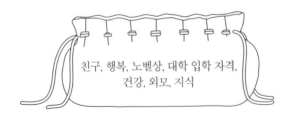

친구, 행복, 노벨상, 대학 입학 자격,
건강, 외모, 지식

실제로 미국의 어떤 회사는 돈을 받고 사이버 친구를 팔았다. 멋진 친구가 많은 것처럼 보이고 싶은 페이스북 이용자들에게 잘생긴 모델들의 사진과 글을 한 명당 월 99센트(우리 돈으로 약 1,100원)에 팔았던 것이다. 하지만 이 친구들은 당연히 '가짜'다. 만약 더 많은 돈을 주고 실제로 친구를 고용한다면 어떨까? 함께 놀아 주고 힘들 때 격려해 줄지도 모른다. 그러나 돈을 주지 못하는 순간 그 모든 서비스는 당장 끝날 것이다. 따라서 돈으로 친구를 살 수 없다.

6. 최근 아르바이트를 하는 청소년들이 크게 늘었습니다. 청소년 아르바이트에 대한 다음 글을 읽고 일을 시작하기 전에 점검해야 할 것들은 무엇인지 고민해 봅시다.

이번 여름 방학은 유난히 많은 땀을 필요로 했다. 방학을 맞아 많은 청소년들이 일터로 향했다. 돈이 지배하는 시대. 이미 돈 자체가 삶의 목적이 된 시대. 이 천박한 자본주의는 청소년들을 끊임없이 일터로 내몰고 있다. 끝없이 소비의 욕망을 자극하는 매체와 상업적 문화는 청소년을 노리고 있다. 실제로 2000년대 중반 이후 청소년들의 알바가 급증하고 있다. 전단지 배부, 배달 알바, 재택 알바, 매장 관리·판매 알바, 서빙·주방 알바 등으로 업종도 다양해지고 있는 추세다.

지금의 청소년 알바는 과거 고학생의 알바와 그 성격이 다르다. 또 알바에 대한 청소년들의 인식이 크게 변화하고 있다. 과거에는 빈곤한 가정 환경 탓에 학업을 지속하기 위해 주경야독하는 경우가 많았다. 즉 알바가 학비를 벌기 위한 불가피한 수단이었던 셈이다. 그러나 지금의 청소년 알바는 대부분 소비를 주목적으로 하고 있다. 알바로 번 돈의 사용처는 사고 싶은 물건 구입(55.8%), 생활비(15.7%), 오락비(11.9%), 부모에게 드린다(7.5%) 의 순으로 조사됐다.

문제는 청소년들이 근로기준법의 사각지대에 놓여 있어 차별과 불이익을 받고 있다는 점이다. 실제로 아르바이트 급여를 제때 제대로 받지 못한 청소년은 5명 가운데 1명 이상인 걸로 조사됐다. 고용노동부 의뢰를 받아 중앙대 산학협력단이 청소년 2천851명을 대상으로 실시한 2011년 청소년 아르바이트 실태 조사 보고서를 보면 조사에 응한 아르바이트 청소년 가운데 22.2%가 "늦게 받았으며 금액도 적었다."(4.4%), "늦게 받았다."(4.4%), "제때 받았으나 금액이 적었다."(13.3%)고 답했다.

급여의 불이익보다 더 심각한 불이익은 인권 침해다. 업주나 손님으로부터 당하는 언어 폭력과 성희롱이 그것이다. 위의 조사에서 폭행과 폭언을 경험한 아르바이트 청소년은 23.3%나 됐다. 이들이 당한 불이익을 종류별로 나눠 보면 폭언 등 인격 모독이 40.2%로 가장 많았고, 부상 및 질병(27.7%), 부당 해고(11.6%)가 그 뒤를 이었다. 성추행과 성폭행을 경험했다는 응답도 6.0%나 됐다. 또한 학교에 다니는 청소년보다 탈학교 청소년이 상대적으로 불이익을 더 많이 당하는 것으로 나타났다. 평균 근로 시간은 당연히 탈학교 청소년이 많을 수밖에 없다. 조사 대상 탈학교 청소년은 평균 시급 4천325원을, 학생 청소년은 평균 4천639원을 받았다. 알바 청소년 사이에도 학력 차별이 존재하는 셈이다.

청소년들의 노동을 보는 우리 사회의 편견도 문제다. 노동은 그 주체가 누구나에 따라 경중이 달라지는 것이 아니다. 노동 그 자체로 소중한 것이기에 청소년의 노동도 마땅히 존중받아야 한다. 이처럼 청소년들이 불이익을 당하면서도 문제를 제기하지 못하는 데는 두 가지 원인이 있다. 근로기준법 등 자신의 권리를 보장받을 수 있는 지식이 부족하다는 점과 설령 노동 인권 감수성을 지니고 있다 하더라도 문제를 제기할 경우 부당 해고를 당하는 등 더 큰 불이익을 당할지 모른다는 두려움이 그것이다.

청소년들의 권리 보장을 위한 특단의 대책이 필요하다. 이미 시행하고 있는 정책도 홍보 부족과 당국의 의지 부족으로 효과를 거두지 못하고 있다. 전국에 104개 안심 알바 신고센터가 설치돼 있다. 그러나 제대로 홍보가 되지 않아 정작 설치된 학교의 담당 교사조차 모르는 경우가 많다. 또 학교 중심으로 설치되다 보니 탈학교 청소년들이 이용하기가 쉽지 않다. 따라서 아르바이트 청소년의 권리 보장을 위한 법률적, 제도적 정비가 필요하다.

동시에 청소년을 대상으로 한 노동 인권 교육을 강화해야 한다. 최저 임금을 현실화하고 고용노동부의 상시적 근로 감독이 강화돼야 한다. 무엇보다 정규 교과 과정에 노동 인권 교육을 포함하는 등의 총체적 대안 마련이 시급하다. 노동자의 최소한의 권리가 사유화된 폭력에 짓밟히는 사회, 약자들의 권리는 철저하게 외면하는 국가 공권력을 보며 우리는 살고 있다. 그래서다. 청소년기부터 노동권의 소중함을 스스로 깨우쳐야 한다.

조성범, 〈청소년 알바 권하는 사회〉(경기신문, 2012. 8. 22.)

((**
호랑이는
사랑을 남겼네

– 김종광

°° 읽기 전에

　"너흰 아직 어려." 이 말은 마치 마법의 주문 같습니다. 이성 교제도 안 돼, 머리 모양과 옷차림을 마음대로 하는 것도 안 돼, 정치에 관심을 가져서도 안 돼……. 마법의 주문은 또 있습니다.

　"공부에 지장을 줄 수 있어." 오로지 공부, 시험, 점수……. 여러분들도 우리 사회에서 조그마한 목소리라도 내려면 어느 대학에 가느냐가 중요하다고 생각하나요?

　"다른 애들을 좀 봐." 이 말이야말로 가장 강력한 주문입니다. 남들은 다 묵묵히 제 갈 길을 가는데 나만 이러고 있는 건 아닐까 하는 불안감은 친구들을 금방 주저앉게 만들지요. 이 세상에서 살아가려면 세상의 기준과 질서에 순순히 응해야만 한다고 생각하나요? 힘들다고 투덜대지만 마음속으로는 이미 세상이 정해 놓은 길을 가야 한다고 믿고 있나요?

　그렇다면 다음에 펼쳐질 소설 속 교실로 함께 들어가 볼까요? 우리가 다 아는 옛 이야기 하나를 신나게 비틀고 파헤치느라 웃음과 탄식이 쉴 새 없이 흘러나오는 교실이지요. 그 교실 속 친구들과 함께 세상을 유쾌하고 통쾌하게 비틀어 보면서 우리 주위를 조금 더 다른 시선으로 바라보는 법을 배워 봅시다.

호랑이는 사랑을 남겼네

◇◇◇

『삼국유사』에 나오는 호랑이 이야기 〈김현金現의 감호感虎〉를 번역하면 '김현이 호랑이를 감동시키다'쯤 되겠다.

알고 보니 익숙한 이야기다. 우리는 초등학교 때까지 부모님들의 강요 덕에 참으로 많은 책을 읽었다. 출판사마다 어린이에게 팔아먹기 위한 전래 설화 어린이 책 시리즈를 펴냈다. 그 시리즈 중에서, 〈호랑이 처녀의 (슬픈) 사랑〉 혹은 〈호랑이를 사랑한 김현〉 등이 바로 『삼국유사』의 〈김현의 감호〉를 현대적으로 윤색한 것이다.

통일 신라 원성왕 시대였다. 신라에는 해마다 2월이 되면 한 일주일간 흥륜사 전탑을 돌며 복을 비는 풍속이 있었다. 김현이란 청소년이 밤이 깊어도 혼자 쉬지 않고 탑돌이를 하고 있었다.

남들 다 갔는데 혼자서 왜? 도대체 무슨 목적으로? 혹시 청소년의 목적이 여자였다면 기회는 즉시 왔다. 그때 한 처녀도 염불을 외면서 따라 돌다가, 서로 마음이 움직여 눈을 주었다.

무슨 상황인지 모를 청소년 없으리라. 이 설화는 두 주인공의 나이를 밝히고 있지 않다. 하지만 정황으로 보아 우리 또래가 확실하다. 옛날이나 지금이나 이팔청춘 때의 남녀가 한밤중에 단둘이 있다가 눈 맞는 일은 흔하다. 우리들 중에도 눈 맞아서 사귀는 애들 많다. 학교를 다니는지 연애를 하러 다니는 건지 걱정스러울 정도로 연애에 중독된

애들도 있다. 우리 학교 교칙은 엄혹하다. 이성끼리 데이트하는 걸 들키면 반성문 써야 한다. 스킨십하다가 걸리면 정학을 각오해야 한다.

그럼에도 불구하고 쌍쌍이 연애를 하고 있다. 학교 교칙과 선생님, 부모님들의 각별한 감시에도 불구하고, 우리들의 사랑을 막을 수는 없다. 대체 통일 신라가 언제 적인가. 천 년 전이다. 천 년 전이나 지금이나 이팔청춘에 사랑하는 것은 당연한 일이다. 꼰대들이 막는다고 막아질 사랑이 아니다.

탑돌기를 마치자 김현은 구석진 곳으로 처녀를 데리고 정을 통했다.

'정을 통했다'를 '섹스했다'로 해석한 아이들은 일제히 비명을 질렀다. 끼약! 어머나! 오호호!……

'정을 통했다'를 '연애했다' 혹은 '찐한 스킨십을 했다' 정도로 해석한 아이들은 웃음을 터트렸다.

'정을 통했다'가 뭔 말인지 모르는 아이들은 다른 애들이 웃으니 따라 웃었다. 우리는 누가 톡 건드리기만 해도 비명을 지르거나 웃음을 터트릴 준비가 돼 있었다.

진짜 초고속은 옛날에 있었군. 마음 움직이고 눈 맞추자마자 바로 구석진 데로 달려가 정을 통했다니! 이보다 초고속일 수는 없다.

우리들은 정을 통하기 진짜 어렵다. 어디 가서 통하느냔 말이다. 통일 신라 시대의 경주라면 지금 시대의 서울이다. 서울에서 정을 통할 만한 구석진 데가 어디 있는가. 있다손 치더라도 그곳은 불량배나 노숙자들이 점거하고 있다. 설령 우리가 구석진 데를 선점했더라도 "마빡에 피도 안 마른 것들이 뭐하는 게야!" 한마디하면 비켜나야 한다.

호랑이는 사랑을 남겼네

돈이 있다면 모텔 같은 데를 노려 볼 수도 있지만, 어른들의 검열을 무사히 뚫으려면 착실한 준비가 필요할 테다. 일단 사복으로 갈아입어야 하고, 나이 들어 보이게 위장도 해야 하고. 도저히 『삼국유사』에 나오는 스피드한 '정 통하기'가 가능할 것 같지 않다.

어째, 묘하다. 천 년 전에는 이팔청춘의 정 통하기가 아무렇지 않게 가능한데, 최첨단 현대에는 이팔청춘의 정 통하기가 하늘의 별 따기처럼 어렵다니. 그럼에도 불구하고 아주 많은 아이들이 벌써 첫 경험을 했다고 주장하는데 어디서 해봤는지 궁금하다.

하여간 선생님은 '정을 통했다'라는 구절로 인한 우리들의 흥분을 진정시키는 데 많은 시간을 써야만 했다. 선생님이 한숨을 내쉬며 말했다. "이래서 고전 문학은 가르치기가 힘들어요."

김현은 처녀를 졸졸 따라갔다. 처녀가 사양하고 거절했으나, 김현은 억지로 따라갔다.

처녀는 하룻밤 사랑으로 그칠 작정이었나 보다. 요새 말로 '원나잇 스탠드'다. 그런데 '쿨'하지 못한 김현이 기어이 쫓아가고 있는 것이다.

얼마 전에 《시크릿 가든》이라는 드라마를 했다. 남자애들은 거의 안 봤지만 여자애들은 거의 다 봤다. 그거 안 보면 여학생이 아니라는 분위기였다. 그 드라마에 따르면 우리 사회에는 네 계층이 있다. 사회 지도층, 중산층, 서민, 소외된 이웃. 여기서 사회 지도층은 '지도'라는 말이 재수 없으니 사회 세도층으로 바꾸자.

우리는 역사에서 '세도 정치'를 배웠다. 유력한 가문이 권력과 부를 독점하고 세습하고 나아가 정치까지 제 마음대로 주물렀다는 것이다.

지금도 다르지 않은 것 같다. 지금도 극소수가 권력과 부를 독점하고 있다. 그러니 사회 지도층보다는 사회 세도층이 더 어울린다.

김현은 사회 세도층 혹은 중산층의 자제인 듯하다. 처녀는 확실히 소외된 이웃이다. 처녀와 김현의 이야기를, 지금식으로 말하자면 이렇겠다. 사회 세도층 남자와 소외된 이웃 여성이 첫눈에 반했고 내친 김에 원나잇스탠드를 했다. 그런데 사회 세도층 남자는 계속 만나 보자고 진상을 떤다. 반면에 소외된 이웃 여성은 쿨하게 끝내고자 한다.

내가 보기에 우리 반 아이들은 절반가량이 서민이다. 30%는 소외된 이웃이다. 15%가 중산층이다. 사회 세도층이라고 할 수 있는 녀석은 두 명뿐이다. 풍족하지 못한 부모를 둔 아들딸이 대부분이어서 돈 많은 부모를 둔 녀석들이 왕따를 당하고 있다.

한 초가집에 들어가니 늙은 할미가 처녀에게 물었다.

"함께 온 이가 누구냐?"

'처녀는 사실대로 말했다'라고 한 번역본도 있고, '여인은 그 사정을 말하였다'고 한 번역본도 있다. '사실대로'든 '사정'이든, 한 방에 눈 맞아서 자고 왔는데 남자 녀석이 쿨하지 못하게 계속 쫓아왔다고 있는 그대로 말했단 것일까?

그렇다면 처녀는 너무나도 솔직하다. 엄마였다면 그토록 솔직하게 대답하지 못했을 테다. 다리몽둥이 부러지지 않겠는가. 할머니 앞이라도 쉽게 할 수 있는 이야기는 아닌 것 같은데. 그렇다면 친할머니가 아닐 수도 있다.

노파가 말하기를, "비록 좋은 일이기는 하나 없는 것만 못하다. 그러나 이미 저질러진 일이니 어쩌겠느냐? 몰래 숨겨 주어라. 네 오빠들이 악행을 저지를까 염려된다."

뭐가 좋은 일이라는 것인지 모르겠다.

얼마 후 호랑이 세 마리가 나타나 으르렁댔다.

"집에서 비린내가 난다. 요깃거리가 있으니 참 좋구나!"

김현은 벌써 숨은 모양이다. 고전 문학은 빨라서 좋다. 어디로 어떻게 숨었다는 친절한 설명 없다. 어디 숨어 있는지 모르지만 김현은 엄청 무서울 테다. 처녀를 의심할 수도 있다. 이년이 나를 잡아먹으려고 꼬였구나! 나를 잡아먹으려고 유혹했구나. 하늘님, 한 번만 살려 주시면 다시는 함부로 여자를 탐하지 않을게요. 제발 살려 주세요, 간절히 빌었을 테다.

늙은 할미와 처녀가 꾸짖었다.

"너희 코가 잘못됐지. 무슨 미친 소리냐?"

김현이 가슴을 쓸어내리는 소리가 들리는 듯하다.

처녀가 호랑이였다는 걸 알게 된 아이들 중 몇몇이 성질을 냈다. "리얼리티가 없어요!" "아무리 판타지라지만 호랑이가 사람이랑 거시기를 하다니요."

선생님이 설명해 보려고 애썼다. "우리나라 옛 이야기는 판타지성이 엄청 강하다. 남미의 마술적 리얼리즘보다 더 환상적인 이야기가 많다. 판타지나 환상 스토리는 결국에 풍자다. 아무리 호랑이와 사람이라지만 사랑의 감정을 가질 수 있다. 호랑이와 사람이 소통하고 나아가 사랑에 빠지는 일은, 사회 세도층과 소외된 이웃이 소통하는 일보다 쉬운 일일 수 있다. 좌파와 우파가, 진보와 보수가 소통하지 못해서 늘 시끄러운 우리나라를 보아라. 좌파와 우파의 소통, 진보와 보수의 소통보다, 호랑이와 사람의 소통이 훨씬 쉬워 보인다. 호랑이를 애완동물로 바꿔 생각해 보라. 사람과는 소통하지 못하지만 개나 고양이 같은 애완동물을 식구처럼 아끼는 이들이 있다……"

호랑이와 사람이 사랑했다는 거 가지고 리얼리티가 없다고 시비 건 아이들은, 공부하기 참 힘들 테다. 이어지는 이야기는 사실성을 완전히 무시한다.

이때 하늘에서 외치는 소리가 있었다.

"너희들이 즐겨 생명을 해함이 너무도 많으니 마땅히 한 놈을 죽여 악을 징계하겠노라."

세 호랑이는 하늘 소리에 놀라 쑥덕거렸다.

도대체 하늘에서 소리를 외친 이는 누구란 말인가? 우리가 잘 아는 하늘님? 하늘님이 아닐지라도, 호랑이 한 마리는 쉽게 죽일 능력을 가진 분인 모양이다.

아니, 한 마리만 겨우 죽일 수 있는 분이실 수도 있다.

이 초가집에는 총 다섯 마리의 호랑이가 살고 있다. 만약 하늘에서 외친 그분이 진정 화가 나서 징계하기로 했다면 다섯 전부 징계해야 한다. 그런데 하늘님은 수컷 호랑이들만 가지고 시비다. 노파 호랑이와 처녀 호랑이는 생명을 해함이 없었던 것일까. 풀만 먹고 살았을까?

암컷 호랑이를 제외한다고 해도, 하늘님의 능력이라면 수컷 호랑이 세 마리를 한꺼번에 징계해야 한다. 왜 한 마리만 징계한단 말인가?

호랑이는 사랑을 남겼네

셋을 한꺼번에 상대할 능력이 없었던 거라고 슬쩍 의심하지 않을 수 없다.

삼 형제를 몰살시킬 수 있는 자였다면, 호랑이들은 살려 달라고 그저 싹싹 빌었을 테다. 하지만 하늘에서 외친 자는 삼 형제가 힘을 합한다면 물리칠 수 있는 자였다. 삼 형제들이 누구 하나는 죽을 각오를 하고 하늘에서 외친 자와 붙기로 결의를 모은다면 한바탕 해볼 만한 싸움이다.

암만 생각해도 하늘에서 외친 자도 이상한 분이기는 하다. 하필이면 이제 와서 징계한단 말인가? 호랑이들이 생명을 즐겨 해하는 것을 이때까지 왜 그냥 놔두었단 말인가. 당신의 직무 유기 때문에 호랑이 삼 형제에게 목숨을 잃은 생명들에게 미안하지도 않단 말인가. 주인공 김현을 구하기 위해 문득 나타셨다는 것은 알겠지만, 참 느닷없는 등장이시다.

그러자 처녀가 말했다.

"세 분 오빠들은 멀리 피해 가서서 스스로를 경계하신다면 제가 그 벌을 대신 받겠습니다."

오빠 호랑이들은 모두 기뻐하며 고개를 숙이고 꼬리를 치며 달아나 버렸다.

기가 막히고 코가 막힌다. 대신 죽겠다는 여동생도 어이가 없지만, 그걸 기뻐하며 받아들이는 오빠들도 황당하다. 여동생에게 아주 미안해하며 슬픈 낯꼴로 도망가도 화날 텐데, 꼬리까지 쳐 가며 도망가 버리다니! 아무리 호랑이라지만 욕 나온다.

우리들은 분노를 참을 수 없어 호랑이를 향해 비난과 성토를 퍼부었다. 비겁하고 나쁜 놈들!

호랑이 설화에서 심술궂고 흉악하고 포악하고 잔인한 호랑이는 많지만, 비겁하고 치사한 놈들은 이 삼 형제가 유일하다. 호랑이의 명예를 진흙탕에 떨어뜨린 놈들이다. 하지만 현실에도 이런 오빠들 있다! 온갖 나쁜 짓을 다 하고, 부모님이나 여동생에게 덤터기 씌우는 녀석들.

그런데 더욱 황당한 것은 하늘에서 외친 분이다. 여동생이 오빠들을 구하겠다고 나서거나 말거나, 그분은 삼 형제 중에 한 마리를 징계해야 한다. 하지만 이야기의 정황으로 보아 그분은 대타를 허용했다. 정말 웃기는 그분이시다. 현대 사회에도 이런 바보 같은 분들 많으시다. 누군가 정말로 나쁜 놈들의 죄를 뒤집어쓰고 억울한 처지에 놓였다. 누군가의 억울함을 풀어 줄 만한 권력을 가졌으나 그 권력자들은 모르는 척하고 불쌍한 사람을 희생양으로 삼는 것이다.

오빠들을 대신하여 죄를 뒤집어쓰기로 한 처녀는, 호랑이 밥이 될 뻔했다가 살아난 김현에게 설명한다.

"처음엔 당신이 내 집에 오는 것이 부끄러워 짐짓 사양하고 거절했어요. 이제는 숨김 없이 진실을 말씀드릴게요. 내가 당신과 같은 사람은 아니지만, 하룻밤을 함께 즐겼으니 부부가 된 것이나 마찬가지입니다. 그러나 나는 죽어야 합니다. 이왕이면 당신의 칼날에 죽겠어요. 그것이 당신의 은덕을 갚는 길이라고 생각해요. 내가 내일 거리로 나가 사람을 심하게 해하면, 임금이 높은 벼슬을 걸고 사냥꾼을 모집할 거예요. 당신은 나를 겁내지 말고 숲 속까지 쫓아오세요."

여학생들이 화를 참지 못하고 욕설을 날렸다. 이해할 수 없는 처녀의 희생정신과 보은 의지를 질타했다. 너 같은 년 때문에 여남평등이 안 이뤄지는 거야. 네가 왜 희생을 해? 김현이란 놈이 너에게 무슨 은덕을 베풀었다는 거야? 한 번 자 준 게 은덕이라는 거야? 은덕은 네가 베풀었잖아! 이 멍텅구리 년…….

선생님이 이건 다만 『삼국유사』에 실려 있는 설화일 뿐이라는 요지로 상황 정리에 나섰다. 그러자 여학생들은 이 따위, 여성이 남성을 위해 희생하는 것이 당연하다는 이데올로기를 담은 설화가 실려 있는 게 무슨 고전 문학씩이나 되냐며, 『삼국유사』마저도 씹어 댔다.

하여간 호랑이 처녀의 말을 듣고 "옳거니, 그래 주세요!" 한다면 정말 나쁜 남자일 테다. 좋은 남자이고 싶은 김현은 말했다.

"호랑이와 사람의 사귐은 떳떳한 일은 아니겠지, 하지만 이미 잘 즐겼으니 하늘이 준 다행함이다. 내가 어찌 내 사랑의 죽음을 팔아 벼슬을 바라겠느냐? 나 그렇게 나쁜 사람 아니다."

여학생들의 분노가 이번엔 김현에게 퍼부어졌다. 나쁜 놈 아니기는 정말 더럽게 나쁜 놈이다. 실컷 즐겨 놓고는 떳떳한 일이 아니라고? 부잣집 놈이 가난한 집 년 사랑해 놓고는 떳떳한 일이 아니라고 말하는 거나 마찬가지잖아.

"나는 어차피 죽을 수밖에 없는 목숨입니다. 나, 호랑이가 일찍 죽게 되면 다섯 가지의 이로움이 있습니다. 하늘이 죽으라는 명령에 복종하게 되며, 죽고 싶었던 내 소원을 이루게 되며, 당신께는 높은 벼슬 얻는 경사요, 우리 호랑이 일족에게도 내가 죽어 오빠들이 무사하니 복

호랑이는 사랑을 남겼네

이요, 우리 호랑이가 죽으면 나라 사람들에게 기쁨입니다."

약간 수그러들었던 여학생들의 분노가 대폭발했다. 아무 잘못도 없는데 죽으라니 죽겠다고? 자존심도 없는 년, 배알도 없는 년. 죽고 싶었던 소원을 이뤄? 너만큼 어렵지 않은 년들이 어디 있어. 다들 꾹 참고 미래를 보면서 열심히 사는데 죽는 게 소원이라고?

그러면서 처녀는 덧붙인다.

"다만 나를 위하여 절을 짓고 불경을 읊어 주세요!"

그들은 마침내 서로 울면서 작별했다.

다음 날 과연 사나운 호랑이가 성 안에 들어와 사람을 해함이 너무 심했다. 사랑하는 사람에게 높은 벼슬을 안겨 주겠다는 암호랑이 때문에, 많은 사람들이 다쳤다.

이번엔 선생님이 흥분했다. 영화나 드라마에서 흔히 나오는 설정이다. 주인공 남녀의 사랑 때문에 주위 사람들이 너무 많이 죽거나 다친다. 주인공 남자가 주인공 여자를 살리겠다고 죽여 대는 엑스트라가 부지기수다. 조선 시대 도망 노비 사냥꾼을 주인공으로 하는 《추노》라는 드라마를 했었다. 그 드라마에서 장혁이 사랑한 이다해 때문에 죽은 인물이 그 얼마이던가. 요새는 형제의 우정을 통해서도 수많은 사람이 죽는다. 장동건과 원빈이 나왔던 영화 《태극기를 휘날리며》에서 두 형제의 사랑을 위해서 얼마나 많은 국방군과 인민군이 죽어야 했는가.

주인공이 사랑하는 사람 단 한 명을 위하여, 그토록 죽여 댄 수많은 사람들, 그 사람들에게는 사랑하는 사람이 없단 말인가.

하여간 호랑이의 작전은 성공했다. 벼슬에 눈이 먼 김현이 활을 들고 나타났다. 설마 벼슬에 눈이 멀어 나타나겠는가. 호랑이가 사람을 더 다칠까 봐 걱정돼서 나타났다고 해 주자. 김현이 나타나자 호랑이는 숲속으로 들어갔다.

호랑이는 처녀로 변하여 반가이 웃으면서 말했다.

"어젯밤 나와 당신이 마음 깊이 정 맺은 일을 잊지 마세요. 오늘 내 발톱에 상처 입은 사람들은 전부 흥륜사의 장醬을 바르고 그 절의 나팔 소리를 들으면 이내 나을 거예요."

역시 처녀는 착했다. 영화나 드라마의 주인공들은 사랑을 위하여 죽인 사람들을 되살려 주지 않았다. 그러나 호랑이 처녀는 자기가 다친 사람들을 치료할 방법을 가르쳐 주었다. 참으로 자애로운 호랑이다.

말을 마치고, 처녀는, 아니 호랑이는, 김현이 차고 있던 칼을 뽑아 스스로 목을 찔러 넘어지니 곧 호랑이였다.

아무리 지독한 작가라도 김현이 호랑이를 죽였다라고 쓰지는 못할 테다. 그렇게 하면 김현이 너무 나쁜 놈이 된다. 따라서 호랑이는 스스로 죽을 수밖에 없었다. 사랑하는 사람을 위하여 스스로 죽는 영화나 드라마의 뻔뻔한 장면이 『삼국유사』에서 비롯된 것이었다니!

김현은 숲에서 나와 외쳤다.

"내가 호랑이를 쉽게 잡았다!"

김현이란 놈은 결국 나빴다. 스스로 사랑하는 사람을 죽이지는 않았지만 죽도록 만들었다. 제 손에 코 안 묻히고 코를 푼 것이다.

왜 '쉽게' 잡았다고 했을까? 김현은 호랑이를 잡은 일이 없다. 호랑이 스스로 죽었다. 그런데도 쉽게 잡았다니? 이 모두가 김현의 계략이었단 말인가? 호랑이가 스스로 죽도록 유도한 것이. 그러니 저토록 당당하게 외칠 수 있었겠지. 김현이 처녀를 사랑하기나 했었던 것일까.

김현은 호랑이가 시킨 대로 사람들의 상처를 치료했더니 다 나았다.

김현은 절을 짓고 호원사虎願寺라 하였다. 항상 호랑이를 위해 불경을 읽었고 호랑이의 저승 생활이 편안하기를 빌었다. 김현은 죽을 때 지나간 일의 기이함에 깊이 감동하여 이것을 붓으로 적어 전하였으므로 세상이 알게 되었다고 한다.

그러니까 이것은 김현이 실제로 겪은 이야기가 아니라, 김현이 지어 낸 이야기일지도 모른다. 김현은 한국 최초의 판타지 소설을 쓴 것인지도 모른다.

늙은 할미는 왜 더 이상 나오지 않았는가? 늙은 할미도 호랑이 맞나? 하늘에서 외친 분은 삼 형제 중에 하나를 죽이겠다고 큰소리쳐 놓고, 왜 아무런 설명 없이 별 잘못 없는 암호랑이의 죽음을 받아들였는가?

물어는 보고 싶지만, 환상과 변신과 불가사의의 파노라마 같은 설화 판타지 세계에서 개연성을 따지는 것처럼 어리석은 일은 없다.

하여간 김현과 하룻밤 사랑을 했던 호랑이는 사람과 호랑이를 자유자재로 오갈 수 있는 변신 능력을 가지고 있었다. 의술에도 조예가 깊었다. 이런 훌륭한 호랑이가 기껏 사랑 때문에 죽다니, 너무 안타까운 일이다.

죽음은 모두를 숙연하게 한다. 호랑이 처녀 때문에 수업 시간 내내 분노했던 여학생들도 죽음 앞에서는 차마 입을 다물었다.

강독이 끝나고, 자유 토론에서 다양한 얘기가 나왔다.

『삼국유사』에 나오는 호랑이 이야기 제목 〈김현金現의 감호感虎〉는 엉터리다. '김현이 호랑이를 감동시키다'는 말도 안 된다. 김현이 호랑이를 등쳐 먹은 이야기다. 백번 양보해도, 호랑이가 김현을 위해 이유 없이 희생한 이야기일 뿐이다. 전래 설화 어린이 책 시리즈를 펴낸 출판사들도 그러한 의구심 때문에 〈호랑이 처녀의 (슬픈) 사랑〉으로 바꿔야만 했을 테다. 하지만 그 제목도 어울리지 않는다. 도저히 소통할 수 없는 관계가 소통하기 위해서는 어느 한쪽의 절대적 희생이 따른다는 관점으로 본다면, 차라리 〈호랑이 처녀의 희생〉이 차라리 낫지 않을까.

다들 진지한데 우스개랍시고 말하는 녀석도 있었다. "호랑이는 죽어서 가죽을 남긴 게 아니라 사랑을 남겼네요."

김종광

1971년 충남 보령에서 태어나고 자랐다. 중앙대 문예창작학과에서 배웠다. 1998년, 《문학동네》에 단편 소설로 데뷔했다. 2000년, 중앙일보 신춘문예에 희곡이 당선되기도 했다. 소설과 희곡이 어우러진 형태의 입담형 이야기가 주 무기다. 14년간 열세 권의 소설을 출간했는데, 청소년 이야기는 『야살쟁이록』『처음연애』『착한대화』 등이 있다.

소설가로 살아가는 일에 자족하고 있지만 희생된 나무들한테 미안하다. 이 나라의 미래는 책을 많이 읽는 청소년들에게 달려있다고 믿기에, 청소년을 독서에 매혹시키고자 애쓰는 글을 꾸준히 쓸 작정이다.

● 1. 이 소설에는 〈김현의 감호〉 이야기에 대한 학생들의 자유롭고 창조적인 생각이 들어 있습니다. 아래 인물들에 대한 학생들의 비판들을 찾아 적어 보고 여러분만의 의견도 적어 봅시다.

	등장인물을 바라보는 소설 속 학생들의 시선	등장인물을 바라보는 나의 시선
암호랑이		
김현		
하늘님		

2. 김현이 살던 시대는 지금으로부터 천 년 전 옛날입니다. 만약 이야기 속 상황이 오늘날 일어난다면 어떻게 될지 상상해 봅시다.

　• 천 년 전에는 남녀 청소년이 한밤중에 탑을 돌며 소원을 빌다가 눈이 맞으면 초고속으로 정을 통했다. 오늘날 이런 일이 일어난다면 _____

_____ 할 것이다.

　• 천 년 전에는 남자와 여자가 하룻밤을 보내면 부부가 된 것이나 마찬가지라고 생각했다. 오늘날 이런 일이 일어난다면 _____

_____ 할 것이다.

• 천 년 전에는 여동생이 오빠들을 대신하여 죄를 뒤집어썼다. 오늘날 이런 일이 일어난다면 _____ 할 것이다.

• 천 년 전에는 희생과 죽음으로 사랑을 표현하는 일을 칭찬하고 우러러보았다. 오늘날에는 이런 행동을 _____ 하게 여긴다.

3. 암호랑이는 사랑하는 사람을 위해 희생하지요. 여러분은 사랑하는 사람을 위해 어디까지 희생할 수 있나요? 혹시 지나친 희생이 부담스러웠던 경험은 없나요? '희생'을 중심 단어로 놓고 떠오르는 것들을 자유롭게 연결해 보면서 희생과 사랑의 관계를 생각해 봅시다.

4. 아래의 글처럼 여러분이 도전해 보고 싶은 세상의 잣대, 규범이 있나요? 혹은 상식을 깨고 여러분만의 생각을 펼쳐 보려는 시도를 해 본 적이 있나요? 여러분이 깨트리고 싶은 세상의 잣대는 무엇인지, 또 실제로 규범을 거부해 본 경험이 있는지 자유롭게 이야기해 봅시다.

십 대 학생 18명이 '대학 입시 거부로 세상을 바꾸는 투명가방끈들의 모임'을 만들고 2011년 대학수학능력시험일에 대학 입시 거부를 선언했다. 이들은 입시 경쟁이 남의 꿈을 짓밟고 올라가는 전쟁이자 우리의 삶에 가격을 매기는 일일 뿐이라며 입시를 거부하고 자유롭고 존엄한 삶을 위해 노력하겠다고 말했다.

2009년, 고등학교에 재학 중이던 한 여학생이 임신을 하자 학교는 자퇴를 권유했다. 이에 여학생과 여학생의 어머니는 임신과 출산을 이유로 공부를 계속하지 못하게 하는 것은 차별이라고 주장했고, 힘든 싸움 끝에 결국 다시 학교로 돌아가 아기를 낳고 무사히 졸업, 현재 대학을 다니고 있다.

5. 다음은 우리가 잘 알고 있는 동화『아기 돼지 삼형제』를 늑대 입장에서 비틀어 본 이야기입니다. 소설 속 학생들이 김현의 이야기를 자신의 눈으로 보고 그 의미를 다르게 찾아냈듯 여러분도 늑대의 입장이 되어 마지막 이야기를 재미있게 완성해 봅시다.

아주 오래 전에, 내가 우리 할머니 생일 케이크를 만들 때란다. 나는 아주

호랑이는 사랑을 남겼네

심한 감기에 걸려 있었지. 그때 마침 설탕이 다 떨어졌어. 그래서 나는 이웃집에 가서 설탕을 얻어 오기로 했어. 이웃집은 바로 돼지네 집이었지. 그런데 이 돼지는 머리가 좋지 않았어. 글쎄, 자기 집을 지푸라기로 지었지 뭐야. 그게 말이나 되는 얘기야? 제정신이라면 누가 지푸라기로 집을 짓겠어? 내가 문을 두드리자 문이 그만 떨어지고 말았어. 그렇다고 남의 집에 불쑥 들어갈 수는 없잖아? 그래서 주인을 불렀지. "아기 돼지야, 아기 돼지야, 안에 있니?" 아무 대답이 없었어. 나는 그냥 집으로 돌아가려고 했지. 우리 할머니 생일 케이크에 넣을 설탕을 얻지 못한 채로 말이야. 바로 그때 내 코가 근질거리기 시작했어. 재채기가 날 것 같더라고. 나는 코를 벌름거리며 숨을 들이마셨어. 그러고는 요란하게 재채기를 했지.

그랬더니 어떻게 됐는지 아니? 그 망할 지푸라기 집이 몽땅 무너지고 말았어. 그리고 지푸라기 더미 한복판에 첫 번째 아기 돼지가 있는 거야. 완전히 죽은 채로 말이야. 그 녀석은 처음부터 집에 있었던 거지. 짚 더미 속에 먹음직스러운 햄이 있는데, 그냥 가는 건 어리석은 일 같았어. 그래서 내가 그걸 다 먹어 버렸지. 눈앞에 커다란 치즈 버거가 있다고 생각해 봐. 너희도 그걸 그냥 내버려 두진 못할걸.

나는 기분이 좀 좋아졌어. 하지만 여전히 설탕은 못 얻었잖아. 그래서 나는 그 옆집으로 갔어. 그 집은 첫 번째 아기 돼지의 형네 집이었지. 이 돼지는 동생보다는 조금 낫지만 그래도 머리가 나빴어. 나뭇가지로 집을 지었더라고. 나는 나뭇가지로 만든 집의 초인종을 눌렀어. 아무 대답이 없었지. 그래서 주인을 불렀어. "돼지 씨, 돼지 씨, 안에 있소?" 돼지가 안에서 소리쳤어. "꺼져 버려, 이 늑대야. 넌 못 들어와. 난 지금 턱수염을 깎는 중이라고."

내가 막 문 손잡이를 잡았을 때, 또 재채기가 나오려는 거야. 나는 코를 벌름거리며 숨을 들이마셨어. 입을 막으려고 했지. 하지만 바로 그때 요란하게 재채기가 터져 나왔어. 믿어지지 않겠지만, 이 집도 동생네 집처럼 무너지고 말았어. 먼지가 가라앉은 다음에 보니까, 두 번째 아기 돼지가 있더라고. 역시 완전히 죽은 채로 말이야. 늑대의 명예를 걸고 하는 말인데, 이건 틀림없는 사실이야.

너희도 알지? 음식을 바깥에 그냥 놔두면 상하고 만다는 사실. 내가 할 수 있는 일은 단 한 가지, 그걸 먹어 치우는 것뿐이었어. 돼지를 두 마리나 먹고 나니까 배가 너무 불렀어. 하지만 감기는 많이 나은 것 같았지. 그래도 우리 할머니 생일 케이크에 넣을 설탕은 못 얻었잖아. 나는 다시 그 옆집으로 갔어. 이 집은 죽은 두 아기 돼지의 형네 집이었지. 이 돼지는 삼 형제 중에서 가장 머리가 좋았어. 벽돌로 집을 지었더라고.

나는 벽돌집 문을 두드렸어. 아무 대답이 없었지. 그래서 주인을 불렀어. "돼지 씨, 돼지 씨, 안에 있소?" 그러자 그 버릇 없는 녀석이 뭐라고 했는지 아니?

"꺼져 버려, 늑대야. 다시는 날 괴롭히지 마. 흥! 너희 할머니, 다리나 부러져라!"

그래서 _____

_____

_____

_____

존 셰스카, 『늑대가 들려주는 아기 돼지 삼형제 이야기』(보림) 중에서

호랑이는 사랑을 남겼네

((*∗

나는 광대다

- 장정희

≫

토크쇼의 여왕 오프라 윈프리의 이야기를 들어 보았나요? 미혼모의 사생아로 태어난 윈프리는 친척집을 떠돌아다니며 불우하게 자랐고, 어린 시절 성폭행까지 당하며 가난과 인종 차별에 시달렸습니다. 그러나 윈프리는 마음 속에 항상 꿈을 이루겠다는 소망을 갖고 살았다고 해요. 결국 그녀는 자신의 이름을 건 토크쇼를 성공시켰습니다. "나도 했으니 당신도 할 수 있다. 눈물을 닦고 일어나 책을 읽고 공부를 하고 친구를 만나라."라는 윈프라의 메시지는 많은 사람들에게 큰 희망을 주었습니다. 화가 앙리 루소는 마흔두 살에 처음으로 신인전에 그림을 출품했지만 "아마추어 냄새가 난다."라는 신랄한 혹평을 들었습니다. 그럼에도 낮에는 세금 징수원으로 일하고 밤에는 그림을 그리며 결코 그림을 포기하지 않았습니다. 결국 피카소와 다른 화가들의 인정을 받았고 지금은 많은 사람들이 그의 그림을 사랑합니다.

오프라 윈프리와 앙리 루소의 공통점은 무엇일까요? 바로 자신의 삶에 열정을 갖고 현실을 뛰어 넘었다는 사실이지요. 우리에게 주어진 삶의 환경은 저마다 다르고 또 누군가에게는 현실이 세상이 커다란 벽처럼 느껴질 수도 있을 거예요. 그렇다고 자신의 꿈을 포기해야 할까요? 소설 속 태섭이의 이야기를 통해 꿈과 현실이 만날 수 있는 방법을 찾아봅시다.

◇◇◇

땡~

산조 가락이 자진모리의 클라이맥스 지점을 향해 막 솟구쳐 오르던 순간이었다. 힘차게 튀어 올랐던 태섭의 손가락이 땡, 소리와 함께 대금 위에서 조용히 잦아들었다. 숨죽일 듯한 적막이 찾아왔다. 적막은 짧았지만 숨결은 뜨거웠다. 태섭은 입술에 대고 있던 대금을 내려놓고 심사관들을 향해 앉은 채로 깊이 허리를 숙였다. 그러고는 방석 옆에 놓여 있던 정악 대금을 함께 챙겨든 후 뒷걸음질 치듯 천천히 수험실을 빠져나왔다.

문을 열자 진행 요원이 문틈에 귀를 대고 있다가 화들짝 뒤로 물러났다. 다음 순번의 수험생이 잔뜩 긴장한 얼굴로 들어갔다. 태섭은 대기실 의자에 나란히 앉아 순서를 기다리는 창백한 얼굴들을 힐끗거리며 복도로 나왔다. 복도는 바닥에 주저앉아 삑삑삑 불어 대고 있는 대기자들의 연주 소리로 북새통을 이루고 있었다.

건물 밖으로 빠져나오자 벌겋게 달아올라 있던 태섭의 얼굴에 찬물을 끼얹듯 바람이 달려들었다. 태섭은 곧바로 담배를 꺼내 물었다. 목 언저리가 뻐근했다. 대금 연주자들에게 목 디스크는 숙명이라지 않는가. 태섭이 고개를 좌우로 젖히자 뼈마디에서 우두둑 소리가 났다. 태섭은 담배를 힘껏 빨아들였다. 비로소 딱딱하게 굳어 있던 입술의 감각이 살아남을 느꼈다. 태섭은 습관처럼 입술의 아랫부분을 문질렀다. 취구가 닿는 아랫입술 언저리는 피딱지가 떨어질 날이 없어 거무스름하게 변색되어 버렸다. 누구든 그 부위에 거무죽죽한 흔적을 갖고 있다면 그는 대금 연주자일 것이다. 태섭은 담배 연기를 길게 내뿜으며 혼잣말로 중얼거렸다. 드디어 끝났어!

해가 기울면서 날은 더욱 쌀쌀해졌지만 아직 눈이 내릴 기색은 없었다. 이제 겨울은 곧 시작될 것이다. 수시 모집은 대학 입시의 첫머리일 뿐 영광과 회한의 경계를 가를 때까지 입시생들의 겨울은 계속될 것이다.

태섭은 가방에 넣어두었던 휴대폰을 꺼냈다. 전원을 켜자 기다리고 있었다는 듯 문자와 콜이 쏟아졌다.

'물론 시험은 잘 봤겠지? 네가 떨어지면 붙을 놈 누가 있냐?'

'빨랑 내려오기나 해. 얼굴 잊어버리겠다.'

'오늘 수시 봤던 놈들까지 다 올 거야.'

'끝나면 곧장 전화해. 안 하면 죽어!'

태섭은 휴대폰을 그대로 가방에 던져 넣고는 정문을 향해 걸음을 옮겼다. 긴장이 풀린 탓인지 걷기조차 힘이 들었다. 캠퍼스를 가로지르는 동안, 남녀 대학생들이 삼삼오오 이야기를 나누며 태섭의 곁을 스쳐 갔다. 이곳은 2년 전 캠퍼스 투어로 와 본 이후 두 번째다. 캠퍼스 투어는 태섭의 열망에 더욱 불을 지펴 놓았다. 와 봐야 새로울 것도 없다는 듯 나른한 표정으로 걷고 있는 대학생들이 부러웠다. 목표물을 손안에 얻은 사람만의 여유랄까. 나도 저들처럼 심상한 표정으로 이

나는 광대다

캠퍼스를 활보할 수 있다면 얼마나 좋을까.

　지하철을 기다리고 있는데 연이어 두 번이나 전화가 왔다. 엄마다. 일이 손에 잡히지 않은 얼굴로 하루 내내 서성였을 엄마를 떠올렸지만 모든 게 귀찮았다. 열심히 잘해야겠다고 생각하다가도 엄마를 생각하면 의지가 곧아지기는커녕 어지럽게 흐트러져 버렸다. 엄마를 위해서 잘하고 싶지는 않았다. 나 자신을 위해서 열심히 살 뿐이다. 그런 결과가 엄마에게 기쁨이 된다면 그저 좋은 일이다. 이곳의 대학생이 되는 것은 태섭의 소망이지만 곧 엄마의 소망이기도 했다. 두 사람은 같은 목표를 향해 함께 매진하고 있는 것처럼 보일 뿐이다.

　태섭을 태운 지하철이 요란한 소리를 내며 한강 철교를 건너갔다. 넓고 툭 트인 강 위로 한 무더기의 철새가 시위를 하듯 떼를 지어 날아가고 있었다. 무심히 창밖을 바라보고 있던 태섭은 깜빡 잊었다는 얼굴로 가방에서 휴대폰을 꺼내 들었다.

　"어쨌냐?"

　내내 기다리고 있었던 듯 레슨 선생님의 목소리는 조급했다. 태섭은 주위를 힐끗거리며 목소리를 낮췄다.

　"정악은 좀 아쉽지만 산조는 열심히 했어요."

　태섭은 궁중 음악으로 연주되는 고아하고 장중한 정악보다는 민속 음악인 산조의 자유로움에 훨씬 더 흥미를 느꼈다.

　"본래 정악이 약한 것을 어쩌겠냐. 대신 넌 산조를 잘하니 어쩌려나 싶다만."

　선생님이 아쉬운 듯 낮게 한숨을 쉬었다.

"다른 친구들은 어쨌대요?"

"이 상황에서 어떤 놈이 '나 잘했어요.' 하겠냐?"

"하긴 그러네요."

"내려가는 중이냐? 여긴 안 들를 거야?"

태섭은 레슨실에 들러 다른 친구들의 동향을 살피고도 싶었지만, 이미 치러 버린 시험에 붙잡을 미련이 뭔 소용이냐 싶기도 했다.

"부모님께서 일이 있다시니 빨리 가 봐야 할 것 같아요. 죄송해요."

국립국악원 단원인 선생님은 태섭의 멘토이자 미래의 모습이기도 했다. K시에서 4시간씩이나 고속버스를 타고 서울에 올라와 레슨을 받은 지 어느덧 2년. 태섭이 주말에 올라올 때마다 찜질방을 전전하다가 급기야 연습실에서 도둑잠 잔다는 것을 알고 열쇠를 따로 챙겨 주신 고마운 분이다. 태섭은 선생님의 출신 대학을 거쳐 국악원 창작단원이 되는 게 꿈이다.

추운 겨울 아침, 화장실에서 찬물에 머리를 감고 나오면 머리에서 김이 폴폴 피어올랐다. 그런 태섭 앞에 선생님은 가끔 따뜻한 만두나 찐빵, 김밥 같은 것들을 내놓곤 했다.

"먹자, 아침을 안 먹고 나왔더니 출출하군."

그러나 선생님은 정작 만두에는 손을 대지 않고 일회용 인스턴트 커피만 타서 마셨다. 선생님은 커피를 마시며 태섭이 만두 먹는 모습을 쳐다보다가 짐짓 화난 목소리로 말했다.

"이게 아침이냐 점심이냐? 수험생이 몸 하나 말고 뭘 믿을 게 있다고 그래?"

"어젯밤 늦게 야식을 먹었더니 입맛이 없어서요……"

"야식, 그거 몸에 해롭다. 제때 식사를 해야지."

선생님이 태섭을 볼 때마다 습관처럼 강조하는 것은 늘 체력이었다.

"대금은 몸으로 부는 악기야. 창자가 다 쏟아질 때까지 훅훅 기운을 내뱉는 거라구. 넌 재능은 있다만 몸이 비리비리해서 영 마뜩찮아."

"저 이래봬도 건강해요. 한번 보실래요?"

태섭은 장난스럽게 팔목을 걷어붙였다. 살점 하나 없이 하얀 팔뚝 위로 굵은 핏줄만이 앙상하게 드러났다. 선생님은 푸, 소리를 내며 비웃음을 토해냈다. 레슨생이 하나둘도 아닌데 선생님은 어찌 내게 이런 사랑을 베푸실까. 태섭은 몸 안으로 따뜻한 기운이 피돌기처럼 퍼지는 것을 느꼈다.

"촌놈이 서울을 멀다 하지 않고 올라와 열심히 하는 것이 대견해서 그런다. 내가 지방 촌놈 아니냐. 내 어릴 적 모습이 딱 너야."

하지만 태섭은 안다. 지난여름부터 레슨비를 제때 내지 못하다가 급기야 줄여야 했던 태섭의 속사정을 선생님이 아시고 난 뒤부터라는 것을. 레슨비는 줄였지만 좀처럼 줄여지지 않는 교통비와 식사비만으로도 어려움이 적지 않았는데, 선생님 덕분에 잠잘 곳을 해결할 수 있었던 게 어딘가. 식당일을 시작한 엄마의 월급으로 버틸 수 있다고 믿지는 않았지만, 태섭은 엄마의 노고를 외면하면서 버텼을 뿐이다.

지하철 문이 열리고 닫힐 때마다 찬바람이 뭉텅이로 쏟아져 들어왔다. 요란한 소리로 철교를 내달리던 지하철이 땅속으로 하강하는 순간, 여기저기에서 피어오르던 네온사인이 순식간에 스러져 버렸다.

"내려가서 연습 게을리하지 마라. 시험 봤다고 다 끝난 게 아니라구."

"네, 선생님. 자주 연락드릴게요."

선생님은 마지막 말을 남긴 채 아쉬운 듯 전화를 끊었다.

"나는 네가 꼭 붙었으면 좋겠다."

태섭은 전화기에 한참 동안 귀를 대고 있었다. 선생님의 말은 어둠 속에서 따뜻한 불빛처럼 피어올랐다.

고속터미널은 논술 시험을 마치고 내려가는 지방 학생들로 몹시 붐볐다. 창구 앞에는 버스표를 사기 위한 사람들로 긴 행렬을 이루고 있었다. 태섭이 30여 분을 기다려 얻은 버스표는 2시간 후에 출발하는 일반 고속이었다. 좀 더 싼 값으로 가기 위해서는 기다리는 수밖에는 도리가 없었다. 그나마 일반표는 구하기가 쉽지 않은 상황인데 감지덕지해야지.

태섭이 레슨을 서울로 다니기 시작한 뒤 몸에 붙은 생존술은 오로지 견디는 것뿐이었다. 서울에서 살아남는 유일한 방법이었다. 차가 막혀도 견뎌야 했고, 버스를 기다리는 데도, 밥을 먹는 데도, 레슨을 받는 데도 기다리고 견뎌야 했다. 때로는 서서, 때로는 앉아서, 때로는 졸면서 버텼다. 그러는 동안 태섭은 무엇 때문에 자신이 서울 사람이 되려 하는지 생각했다. 속칭 '인 서울'에 대한 열망의 정체가 무엇인지.

레슨 선생님은 태섭을 가리켜 '지방 촌놈'이라고 말했지만, 태섭은 서울에 사는 사람을 제외하곤 모두 '지방 천민'에 다름없다고 생각했다. 대한민국의 모든 길은 서울에서 시작되고 서울에서 끝나 버릴 뿐,

나는 광대다

떡고물 하나 지방에 떨어지는 것은 없다고 느꼈다. 문화적인 행사만 봐도 그렇다. 변변한 무대에 출연하기는커녕 공연 하나 감상하기 힘들다. 그러니 길이 있는 곳에 사람들이 몰려드는 것은 당연한 이치겠지. 신분 상승의 열망인 것도 같고.

하지만 우리 모두가 발버둥을 쳐서 서울 입성에 성공한다고 해도 모든 길이 열리는 것은 아닐 것이다. 몸과 마음의 진액을 빼 가며 성 앞에 도착한 우리들에게 열린 길은 그저 방을 얻고 등록금을 마련하고 용돈 벌이를 하기 위해 뛰어들어야 하는 아르바이트 전선뿐 아닌가. 그 길이 곧 내 길이기도 할 테고.

대합실을 서성이다 빈 의자를 찾아 앉은 태섭은 자신의 어깨에 둘러메고 있던 대금 가방을 두 다리 사이에 세워 놓고 허벅지를 바짝 붙였다. 버스를 기다리는 동안 졸다가 생길지도 모를 만일의 사태에 대비하는 것이었다.

태섭에게 대금은 등에 솟은 혹처럼 몸에서 떨어질 수 없는 신체의 일부였다. 그런데도 친구들 중에는 버스나 택시에 놔 두고 내린 놈들이 종종 있었다. 가격이 어디 서양 악기에 비교가 되겠냐는 사람도 있지만, 몇백만을 호가하는 가격도 만만치 않은 데다 자신에게 맞게 길들이는 동안 들였던 노력과 정성을 돈으로 환산할 수는 없었다.

태섭은 고등학교 기간 내내 악기 때문에 무척 고생을 했다. 마음에 맞는 악기를 구하는 것도 쉽지 않았지만, 구한 뒤에도 자신의 입에 맞기까지에는 적잖게 품이 들었다. 구멍의 크기를 조절하느라 날렵하고 예리한 무술용 칼을 가지고 다니면서 취구와 청공을 깎아내기도 했고,

반대로 별의별 접착제를 붙여 소리가 과도하게 새 나가는 것을 막았다. '연주 실력을 닦아야지 악기 타령을 하면 되겠냐'는 꾸지람을 듣기도 했다. 그런 우여곡절을 겪은 뒤에야 악기는 태섭의 몸과 완전히 하나가 되었다. 그러니 어깨에 멘 대금 가방을 언제든 더듬지 않을 도리가 없다.

깜빡 졸았나 보았다. 휴대폰이 바르르 떨어 열어 보니 정수 형이었다.

"어, 형? 웬일이세요?"

"너 오늘 시험 봤담서? 잘 봤냐?"

"뭐…… 그럭저럭요."

정수 형은 타악 전공으로 판소리까지 넘나드는 재주꾼이다. 사물놀이와 북장단을 비롯해 못하는 영역이 없다. 게다가 넉살도 좋아 재담에도 능하다. 놀이마당에 흥을 살려 내는 재주는 연륜 많은 선생님들도 따라오기 힘들 정도다. 그러니 좋은 대학을 갔겠지. 그런데도 집안 형편이 넉넉하지 못해 1년 다니고 휴학을 해서 등록금을 벌고 있는 거다.

"오늘 친구들 모이기로 했담서?"

"네. 저는 지금 서울이니 좀 늦게 도착할 것 같아요."

정수 형은 태섭이 속한 예술고등학교 봉사 동아리 〈비단길〉 회장이었다. 요양원이나 시설 봉사뿐만 아니라 문화 단체의 길거리 공연 등 부르는 곳이면 어디든 같이 다니면서 공연을 했다. 정수 형은 태섭의 실력을 일찌감치 인정해 준 선배 중의 하나였다.

나는 광대다

"나한테도 오라고 하더라만 못 갈 것 같아 전화했다. 너랑 할 얘기가 있어서."

"뭔데요? 형?"

"시험 끝났으니 이제 시간 좀 있겠다?"

다양한 장르에 재주가 많다는 점에서 태섭은 정수 형과 궁합이 잘 맞았다. 태섭 또한 대금을 시작하기 전에 애초 사물놀이로 국악에 맛을 들인 터라 꽹과리와 장구 같은 사물놀이에 관심이 많았고 능숙했다. 게다가 판소리 북장단 치는 법을 배워 고수대회에 나가 상을 받기도 했고, 또 가야금에도 관심이 많아 선생님으로부터 가르침을 받았다. 방학 때는 정가의 기본과 심화 과정을 익히기도 했다. 태섭은 제 전공에만 힘을 쏟지 않고 여기저기를 넘나든다는 점에서 다른 전공자들의 눈치를 받기도 했지만, 이내 뭐 그럴 놈이라는 체념을 받아 낼 만큼 국악의 맛에 미쳐 지냈다. 그들은 스스로를 '잡놈'이라 부르며 어울려 다녔다. 정수 형과 다른 점이 있었다면, 태섭은 외제차를 탄 아버지가 학교 앞까지 매일 등하교를 시켜 주는 건설회사 사장의 아들이었다는 사실이다. 아버지의 회사에 부도가 나기 전인 지난여름까지의 화려한 추억이지만 말이다. 태섭의 그런 집안 사정을 아는 사람은 유일하게 정수 형뿐이었다.

"이런저런 공연이 많은데 같이 하지 않을래? 네게도 용돈 벌이가 될 테고."

그렇잖아도 집에 내려가면 당장이라도 알바를 구할 생각이었다. 편의점이라도 좋고, 대형 마트 짐꾼 일이어도 좋다. 등록금을 마련하기

나는 광대다

위해서는 닥치는 대로 해야 할 상황이다.

"좋아요, 형."

"내일부터 당장이야. 아침 일찍 공연복 챙겨서 우리 집으로 와. 알았지?"

태섭은 전화를 끊고 멍하니 앉아 있었다. 두말할 것 없이 좋다고 대답했으면서도 막상 전화를 끊고 보니 뭔가 허전했다. 버스가 플랫폼으로 미끄러지듯 들어오고 있었다. 태섭은 허벅지 사이에 세워둔 대금 가방을 메고 버스에 올랐다.

좌석의 안전벨트를 묶으려는 순간 다시 휴대폰이 울렸다. 엄마였다. 외나무다리에서 만난 느낌이라면 지나친 걸까. 이제는 더 이상 피할 수가 없다.

"버스 탔어요. 지금 출발해요."

"어쨌냐? 시험은……"

엄마가 초조한 목소리로 물었다. 태섭은 무심한 듯 건조한 목소리로 대답했다.

"어쩌긴요, 그저 그렇죠 뭐."

엄마는 한동안 말이 없었다. 태섭의 마음이 무거워졌다. 도대체 난 엄마에게 왜 이럴까. 이런 때 빈말로라도 최선을 다했다고 하면 오죽 좋으냐. 하루 내내 마음 졸이고 있었을 엄마의 마음을 풀어 주는 것이 도리가 아닌가 말이다.

"고생했다. 얼른 내려와서 푹 쉬어라."

어쩌면 태섭은 엄마와의 사이에 꽁꽁 묶어두었던 뭔가가 터질 것을 걱정하고 있는지도 몰랐다. 지금까지 모른 체했으므로 앞으로도 모른 체 살고 싶다. 집안 형편이 어느 정도인지 안다는 것은 두렵고도 무서운 일이다. 아빠는 왜 집을 떠났는지, 여름 이후 레슨비며 입시를 준비하느라 들어갔던 돈은 모두 어디서 나온 것인지, 엄마의 월급이 얼마인지 태섭은 알고 싶지 않았다. 엄마의 벌이를 자신에게 다 쏟아도 뒷바라지가 용이치 않다는 것을. 돈 떼어먹고 도망가 버린 거래처 사장을 찾겠다며 이 도시 저 도시 전전하면서 간간이 소식을 전해 오는 아빠가 사실은 채무를 갚지 못해 몸을 숨겼다는 것을 인정하는 것, 모두 두려운 일이다. 아빠는 지금 낯선 도시의 공사장 인부로 일하고 있을 것이다. 그동안 내가 썼던 교통비, 식비, 용돈과 레슨비가 아빠의 등에 땀으로 엉겨 붙은 몇 섬의 소금 덩어리였다는 것을 인정하는 일은 너무도 가혹한 일이다.

"도착하면 친구들이 기다리고 있다니까 잠깐 얼굴 보고 들어갈게요. 조금 늦을 테니 기다리지 말고 먼저 주무세요."

"알았다. 너무 늦지는 마라."

엄마의 목소리엔 감출 수 없는 피로가 짙게 배어 있었다. 노동으로 인한 피로보다 태섭의 입시에 하루 내내 맘을 졸였던 까닭일 것이다.

늦은 밤, 집안일까지 마친 엄마의 푹 꺼진 눈을 볼 때마다 태섭은 죄인이 된 느낌이었다. 엄마도 겨우겨우 버텨 가는 눈치였다. 아마도 그럴 것이다. 별 어려움 없이 살아왔다던 엄마도 생애 처음으로 맞닥뜨린 현실을 받아들이기가 결코 쉽지 않을 테니까.

나는 광대다

애초 누구보다도 품격 있는 삶을 강조하던 엄마였다. 작년 말인가. 태섭이 정수 형의 부탁으로 친척의 칠순 잔치에 뒤풀이 연주를 하러 간 적이 있었다. 판소리와 대금 독주와 삼도 사물로 프로그램을 짜서 잔치의 흥을 돋우었다. 친척은 고마움의 표시로 그들에게 약간의 현금을 봉투에 담아 주었다. 태섭은 처음으로 돈을 벌었다는 생각에 뿌듯한 마음으로 봉투를 엄마에게 건넸다. 그러자 엄마는 봉투를 받을 생각도 하지 않고 불같이 화를 냈다.

"이런 식으로 칠순 잔치에 가서 푼돈 벌게 하려고 너 대금 공부시킨 게 아니다."

어린 나이에 돈에 맛 들이면 예술이 변질된다는 것이 엄마의 주장이었다. 엄마는 굶어죽어도 예술적 자존심을 지키는 예인이 되기를 바란다고 했다. 이 돈 저 돈 코 묻은 돈까지 걷어 내며 장터의 약장수 같은 광대가 되기를 바라지는 않는다고 했다. 태섭은 알 수 없는 수치감에 떨며 발끈 화를 내고 말았다.

"예인이랑 광대가 뭐가 다른데? 관객은 최선을 다하는 연주자 앞에서만 옷깃을 여미는 법이야. 그게 뭐가 중요하냐고!"

태섭은 그때를 생각할 때마다 얼굴이 뜨거워진다. 당황한 듯 커다랗게 눈을 뜨고 바라보던 엄마가 떠올라서다. 형편없이 몰락해 버린 지금도 엄마는 그렇게 생각할까. 엄마는 낮에는 밥을 팔다가 밤이면 술집이 되는 식당에서 일을 한다. 주로 주방 일을 본다지만, 음식 솜씨 형편없는 엄마가 할 수 있는 일이란 설거지 아니면 홀 서빙일 것이다. 어쩌면 지금껏 엄마가 품격 있는 삶을 주장하며 살 수 있었던 것이 돈 때문이었다면, 현재와 미래의 품격을 불가능하게 만들어 버린 것 또한 돈 때문일 것이다. 그러므로 품격을 좌우하는 것은 오로지 '돈'뿐이다. 고결하고 도도한 품격을 유지하고 싶다면 돈을 소망하는 수밖에.

아까 정수 형의 전화를 받고 느낀 허전함의 정체가 바로 이것이었을까. 자신의 전공이 푼돈으로 쉽게 환산될 현실과 맞닥뜨리면서 느낀 불안이었을까. 그렇다면 예인과 광대의 길은 어떻게 같고 다른가.

잠이 들었던가 했는데 눈떠 보니 벌써 K시에 도착해 있었다. 휴게소에 들렀을 텐데도 깨지 않고 내처 4시간이나 자버린 것이다. 휴대폰을 열어 보니 모임 장소를 알리는 친구들의 문자가 여러 개 들어와 있었다.

"어, 여기야."

소주방 문을 열고 태섭이 들어서자 한쪽 구석을 차지하고 있던 일행 속에서 승원이 번쩍 손을 추켜들었다. 피리를 전공하는 진수와 상진, 타악의 경철, 판소리의 영일과 승원, 가야금의 아름, 대금의 효진까지 여럿이었다. 술잔이 몇 순배나 돌았는지 얼굴들이 모두 불콰해져 있었다. 문을 열고 들어서는 순간부터 삐딱하게 노려보고 있던 효진이 벌떡 일어서더니 태섭에게 혀 짧은 소리로 비아냥댔다. 술에 취한 효진의 얼굴이 벌겋다.

"그래, 귀하신 분은 언제나 막장이지. 나 같은 초짜는 초장에 왔으니 먼저 가 봐야겠다."

효진이 걸음을 떼려다 휘청, 넘어지고 말았다. 태섭이 엉겁결에 팔

나는 광대다

을 내뻗자 효진이 거칠게 뿌리치며 소리쳤다.

"이제 적선까지 베푸시려고?"

순간, 태섭의 얼굴이 딱딱하게 굳어졌다.

"야아, 친구 사이에 그렇게 심한 말을……"

경철과 영일이 효진의 몸을 일으키며 상황을 무마하려고 애썼다. 그들에 의해 억지로 의자에 앉은 효진이 이번에는 맥주잔을 집어 태섭을 향해 내던졌다. 술잔은 태섭의 귓불을 스치고 요란한 소리를 내며 바닥에 떨어졌다. 영일이 달려온 종업원을 제지하며 부서진 유리 조각들을 줍기 시작했다.

"야, 야, 효진이 더 이상 술 먹이면 안 되겠다. 누가 데려다 줘야 하는 거 아냐?"

태섭은 효진의 얼굴을 외면한 채 굳은 얼굴로 가방에서 담배를 꺼내 물었다. 긴 한숨처럼 연기를 뱉고 있으려니 효진이 발악하듯 소리쳤다.

"이 새끼야, 담배 허락받고 피워. 너는 네가 얼마나 재수 없는 놈인지 알기나 해? 날마다 외제차로 출퇴근하시는 자랑스러운 아드님께서 남들 밥벌이 전공까지 싹쓸이해야 직성이 풀리던? 그런 놈이 내게 뭐라고? 네 실력으론 멀었으니 연습이나 열심히 하라고? 이 새끼야, 누구한테 훈계야? 내가 네 정도의 집안에서 태어났으면 너보다 더 잘할 수 있어, 이 개새끼야! 너처럼 서울까지 쫓아다니며 레슨비 낼 돈이 없어 이 모양으로 지방에서 빌빌대고 있으니 사람으로 안 보이냐? 앞으로 서울의 대학생 되면 시시대는 꼴 시려서 어떻게 보냐?"

"야, 안 되겠다. 애 택시 태워서 보내야겠다."

영일이가 효진의 몸을 잡아 끌었다. 경철이가 영일을 따라 같이 일어섰다.

"놔, 나 안 취했다고!"

경철과 영일의 손에 이끌려 나가던 효진이 발악을 하듯 외쳤다. 잔뜩 움츠린 채 효진이 문밖으로 사라지는 모습을 바라보고 있던 아름이가 따라 일어섰다.

"내가 효진이 데려다 주고 들어갈게."

아름이가 태섭을 보더니 목소리를 낮췄다.

"미안해, 대신 사과할게. 효진이가 입시를 앞두고 있어서 예민해져서 그럴 거야. 말이 과하긴 했지만 틀린 건 아니잖아?"

태섭은 입술을 굳게 다문 채 말없이 고개를 끄덕였다. 아름은 그런 태섭을 물끄러미 바라보다가 술집을 빠져나갔다.

한바탕 시끌벅적한 소동을 치른 뒤 반이나 자리를 비워 버리는 통에 분위기가 어색해져 버렸다. 그러자 상진이 소주잔을 들어 태섭에게 권했다.

"야, 술이나 먹자. 뭐 효진이 저만 입시생이냐? 혼자 괴로운 척 똥폼 다 잡고 있네. 그건 그렇고, 어때? 오늘 시험은 잘 봤어?"

그렇지 뭐. 태섭은 혼잣말로 주절거리며 앞에 놓인 잔을 집어 한입에 들이부었다. 불길이 내려가는 것처럼 내장이 후끈했다. 오징어 다리를 잘근잘근 씹고 있던 진수가 끼어들었다.

"야, 그 말을 한 게 언젠데 지금까지 꽁하고 있었데? 하여간 여자들

나는 광대다

은 놀라워."

진수의 말에 한동안 침묵을 지키고 있던 승원이 자신의 잔에 술을 따르며 말했다.

"나는 효진이 마음 이해해. 우리가 뭐 공부 잘하길 바라는 것도 아니잖아. 실기가 생명인 우리 같은 사람들에게 재능 없다 식의 말은 사형 선고야."

승원의 말이 떨어지자마자 진수가 냉큼 말을 받았다.

"태섭이 효진에게 그 말을 할 때 나도 옆에 있어서 아는데, 친구이자 같은 전공자끼리 나눌 수 있는 진심어린 충고, 그 이상도 이하도 아니었다구."

그러자 승원의 목소리가 한층 높아졌다.

"야 새끼야, 충고는 본인이 원하지 않으면 하지 않는 게 예의야. 받아들일 마음의 준비가 안 된 상태에서 불시에 날아오는 게 칼날이지 충고냐?"

"하긴……"

한동안 무거운 침묵이 이어졌다. 승원이 다시 입을 열었다.

"경철이는 대학 안 가고 바리스타 공부한다더라. 재능도 문제지만 취직 걱정 안 할 수가 없대."

"영일이도 그렇잖아. 이혼한 엄마가 벌어 겨우 먹고사는 눈치던데."

상진이 한층 어두워진 얼굴로 중얼거렸다. 그러자 진수가 씹고 있던 오징어를 뱉어 내며 소리를 높였다.

"왜 이렇게 사는 것이 다들 구질구질해? 가난뱅이 국악과라 그런

가?"

"설마 국악과라 그러겠냐. 하여간 지금 우리들 마음은 하나같이 지옥이라는 거지."

친구들의 말소리는 태섭의 뇌리에서 점점 멀어져 갔다. 연신 술을 들이켠 탓에 정신이 혼미해지고 있었기 때문이었다. 술잔마다 담겨 있던 효진의 얼굴도, 엄마의 얼굴도 차차 스러져 갔다.

"아이쿠, 이런!"

엄마는 현관문이 열리자마자 자루처럼 무너지는 태섭의 몸을 황급히 부축해 들였다. 늦은 밤까지 어둠 속에서 거실을 서성이고 있던 엄마의 얼굴은 초췌했다. 떼꾼한 눈으로 엄마를 치어다보던 태섭이 엄마 앞에 주저앉듯 무릎을 꿇었다.

"엄마, 미안해…… 미안해…… 다 미안해……."

태섭은 어린아이처럼 울기 시작했다. 술기운이 그동안 꽁꽁 묶어놓았던 의식의 매듭을 헐겁게 풀어버린 모양이었다.

"왜 그래? 시험 잘 못 본 거야?"

"나 때문에…… 나 때문에…… 미안해. 정말 미안해. 엄마한테도 아빠한테도……"

엄마가 태섭을 방으로 이끌었다. 침대에 눕히고 이불을 목까지 깊게 덮어 준 다음, 물기 어린 눈으로 태섭을 바라보다가 방을 나갔다. 태섭은 징징대며 울음소리를 늘어놓다가 잠꼬대로 이어졌다.

효진에게도 친구들에게도 다 미안해…… 나란 존재는 왜 태어났을까. 왜 나는 비싼 돈 들이면서까지 음악을 할까. 음악을 안 하면 안 되나? 안 하고도 살 수 있다면 좋을 텐데. 안 하면 뭐해서 먹고사냐? 뭐음악을 먹고살려고 하냐? 그저 좋아서 할 수는 없냐고. 여기 이상주의자 납셨네. 넌 식구들 굶기는 무능한 가장이 돼도 좋냐. 게다가 지금집안 형편도 안 좋잖아. 근데, 너 진짜로 음악을 하고는 싶냐? 응, 죽을만큼. 음악 없이는 살아갈 수 없을 것 같아. 형편이 어려워지니 열정이더 강해지는 느낌이야. 누가 예술에 고난이 필요하댔지? 그렇담 지금난 수렁을 건너는 중인가? 근데, 사람들은 참 이상해. 자기가 하고 싶은 일을 하는 게 행복이라고 말하면서도, 나 같은 사람들을 보면 뭐 먹고살려고 그러냐고 타박해. 잘 먹고사는데도 별로 행복해 보이지 않는사람들이 말이야. 공부에만 목숨 걸고 살라 하면서 정작 자신들은 자신이 뭘 하고 싶은지, 뭘 잘하는지 모른 채 살다가 죽어 가잖아…….

밤새 비몽사몽 생각의 변방에서 헤맸던 모양이다. 눈을 뜨니 벌써아침이다. 머리가 지끈거려 무겁고 불쾌하다. 천장을 보면서 어젯밤일을 헤집어 보던 태섭이 불현듯 정수 형과의 약속을 떠올린다. 용수철이 퉁겨 오르듯 침대에서 몸을 벌떡 일으킨다. 머리 아파할 겨를도없다.

공연복부터 챙겨 놓고 태섭은 세수를 하는 둥 마는 둥 악기를 메고집을 나선다. 지금껏 자신이 온실에서 화초처럼 살아왔다면, 오늘부터는 잡풀처럼 세상 속으로 뛰어드는 거다. 회갑 잔치든 칠순 잔치든 앞풀이든 뒤풀이든 마음껏 뛰어 주마. 예인이 되고 싶은 나를 광대로 만드는 세상, 그렇다면 광대가 되어 세상을 마음껏 비웃어 주겠어.

장정희

날마다 학교 현장에서 넘치는 끼를 주체 못하는 여고생들과 좌충우돌하며 지내고 있어요. 아이들의 숨겨진 재능을 찾아내는 일에 관심이 많거든요. 아이들 스스로 좋아하는 일을 하면서 행복하게 사는 데 도움이 되고 싶어요. 그러려거든 잘 놀아야 해요. 제가 '잘 놀기'를 최고 덕목으로 꼽는 이유예요. 잘 놀아야 무엇이든 할 수 있는 에너지가 충전된다고 믿거든요. 제 경우는 잘 놀기 위해 시간만 나면 여행을 떠나요. 아프리카, 인도 등을 거쳐 동네 골목 산책에 이르기까지 보고 듣고 겪은 것들로 인해 삶이 한껏 풍요로워지는 것을 느껴요.

《문학과 경계》 신인상을 받으며 작품 활동을 시작했어요. 소설집 『홈, 스위트 홈』이 있구요, '느림'에 대한 여행 에세이 『슬로시티를 가다』가 있어요.

나는 광대다

읽고나서

하나의 꿈, 두 개의 현실

● 1. 엄마와 레슨 선생님은 둘 다 태섭이의 중요한 멘토이지만 서로 특징이 많이 다릅니다. 태섭이에게 두 분의 가르침은 어떻게 다가올지 다음 표에 기록해 봅시다.

엄마	멘토들의 특징	레슨 선생님
◀―――――――◯ 5　4　3　2　1　0	예술성을 중시한다	◯―――――――▶ 0　1　2　3　4　5
◀―――――――◯ 5　4　3　2　1　0	현실을 직시한다	◯―――――――▶ 0　1　2　3　4　5
◀―――――――◯ 5　4　3　2　1　0	자신을 희생한다	◯―――――――▶ 0　1　2　3　4　5
◀―――――――◯ 5　4　3　2　1　0	배려심이 있다	◯―――――――▶ 0　1　2　3　4　5
◀―――――――◯ 5　4　3　2　1　0	고집이 세다	◯―――――――▶ 0　1　2　3　4　5
◀―――――――◯ 5　4　3　2　1　0	열정이 넘친다	◯―――――――▶ 0　1　2　3　4　5

2. 각각의 사건을 겪으며 태섭이의 속마음은 어떻게 변해 가는지, 태섭이와의 짧은 인터뷰를 진행해 봅시다.

Q 대학에서 실기 시험을 치르고 났을 때 어떤 기분이었나요?

A _____

Q 엄마가 아르바이트한 일로 야단칠 때는 속상하지 않았나요?

A _____

Q 레슨 선생님이 따뜻하게 배려해 주셨을 때 마음이 어땠나요?

A _____

Q 엄마가 힘들게 일하며 자신을 뒷바라지해 준다는 사실이 편하지만은 않았을 거예요. 그때의 심경을 말한다면?

A _____

Q 친구들과 모임에서 갈등이 생겼을 때 친구들에게 섭섭하지는 않았나요? 악기를 챙겨 정수 형을 만나러 갈 때 어떤 마음으로 잡초처럼 살겠다고 한 건가요?

A _____

나는 광대다

3. 태섭이와 효진이는 예민한 마음으로 헤어지긴 했지만 본마음은 그렇지 않았을 것입니다. 여러분이 태섭이 입장이 되어 라디오에 화해와 격려의 사연을 보내 봅시다. 사연을 적을 때는 신청 곡도 함께 적어 주세요.

마음을 나누는 라디오 청취자 게시판	
신청 곡	

안녕하세요? 저는 올해 대학 입학시험을 치른 수험생입니다. 제가 사연을 올리게 된 건 친한 친구에게 사과의 마음을 전하고 싶어서입니다. 효진아! 노래 듣고 있니? 이 노래를 너에게 들려주고 싶어. 왜냐면 _____

_____

_____

4. 여러분도 태섭이처럼 열정을 갖고 세상과 맞서고 싶지 않은가요? 다음 질문에 답하면서 내 안의 숨은 열정을 발견해 봅시다.

    1. 어떤 장소에 있을 때 가장 즐거운가?

    2. 좋아하는 TV 프로그램과 영화는 무엇인가?

    3. 좋아하는 책과 만화는 무엇인가?

    4. 좋아하는 운동은 무엇인가?

    5. 좋아하는 음악은 무엇인가?

    6. 집 안에서는 주로 무엇을 하는가?

    7. 집 밖에서는 주로 무엇을 하는가?

8. 가슴이 두근거리는 경험을 해 보았는가? 언제 무슨 일을 할 때였나?

9. 자유롭게 하고 싶은 것을 맘대로 할 수 있다면 무엇을 하겠는가?

10. 어디든 좋아하는 곳을 갈 수 있다면 어디에 가고 싶은가?

11. 인생에서 가장 중요한 사건은 무엇이었는가? 이유는?

12. 지금까지 언제가 가장 즐거웠는가? 그때 무엇을 했는가?

13. 내가 최고라는 기분을 느꼈던 것은 언제였나?

14. 함께 있어 즐거운 사람이 있는가? 그 사람의 어떤 면이 좋은가?

15. 어릴 때 무엇을 하고 노는 것이 가장 좋았는가?

16. 자유롭게 무엇이든 바꿀 수 있다면 무엇을 가장 먼저 바꾸고 싶은가?

17. 그것이 있으면 정말 좋을 텐데 하고 생각하는 것은 무엇인가?

18. 푹 빠져 보았거나 손을 놓을 수 없을 정도로 좋아하는 것은 무엇인가?

19. 모든 게 잘 진행되어 만족스럽게 느꼈던 적은 언제였나? 그때 하고 있던 것은 무엇인가?

20. 마음이 느긋해지고 편안한 기분을 맛본 적은 언제였나? 그때 하고 있던 것은 무엇인가?

5. 태섭이의 대학 진학을 위해 어머니는 어려운 형편에도 뒷바라지를 해 주었지요. 만약 여러분이 무언가를 이루기 위해 소설 속 어머니처럼 주위 사람들이 참고 견뎌야 하는 상황이라면 어떨까요? 여러분의 생각을 이야기해 봅시다.

6. 재주와 능력이 뛰어난 사람을 '기린아(麒麟兒)'라고 합니다. 여기서 '기린'은 이마에는 긴 뿔이 있고, 사슴의 몸, 소의 꼬리, 말과 비슷한 발굽과 갈기, 오색찬란한 털을 가진 상상 속 동물이지요. '기린아'가 되었을 여러분의 미래를 상상하면서 자신이 어떤 점에서 뛰어난 능력을 보일지 적어 봅시다.

7. 다음 글을 읽고 우리에게 필요한 열정에 대해 친구들과 이야기를 나누어 봅시다.

'침팬지의 어머니'라 불리는 제인 구달. 그녀가 고졸의 학력만으로도 침팬지 연구에 남다른 공로를 세울 수 있었던 것은 동물을 사랑하는 열정 때문이었다. 어린 시절부터 차곡차곡 쌓아 오던 동물에 대한 애정은 그녀를 침팬지의 어머니, 인류학자, 환경 운동가로 이끌었다. 꿈을 이룬 사람들의 공통점은 '열정'이다.

112

열정. 불타는 열의 또는 관심. 마치 신들린 듯한 상태로 무엇인가에 빠져 있는 상태를 뜻한다. 그것이 사랑이든, 취미 생활이든, 누구에게나 열정의 순간은 다가온다. 무엇인가에 빠져 버리게 되면 적어도 초기 몇 개월간은 뇌 활성 호르몬인 도파민의 세례를 듬뿍 받아 뜨거운 날들을 보내게 된다. 하지만 시간이 흐르면 어김없이 찾아오는 권태는 어쩔 수 없다. 사랑이 식어 가는 것처럼 열정도 식어 가기 마련이다. 열정을 유지하는 데는 에너지가 필요하다. 끊임없이 자신을 충전시키지 않으면 강물에 휩쓸려 도태되고 만다. 우리가 꿈을 이루지 못하고 있는 이유는 학벌이 안 좋아서, 돈이 없어서, 나이가 많아서가 아니라 열정의 시간이 지나치게 짧아서가 아닐까?

우리에게 결핍된 것은 끊임없는 열정의 지속이다. 꿈은 결코 한 순간의 열정만으로는 이루어지지 않으니까 말이다.

제인 구달을 세계적인 인류학자로 이끈 것도 바로 열정이었다. 그녀는 젊은 나이에 아프리카 밀림 속으로 들어가 야생의 침팬지와 함께 생활하며 무려 50여 년간을 살아왔다. 그런 그녀에게 사람들은 '침팬지의 어머니'라는 또 다른 이름을 붙여 주었다. 어머니! 어쩌면 가장 위대한 열정은 순간이 아닌 평생을 무조건적으로 사랑하는 어머니의 자식 사랑과 닮은 게 아닐까! 동물들과 함께하고 그들을 이해하고 싶다는 꿈에 최선을 다한 그녀에게 어머니라는 칭호는 너무도 합당하다.

김희정, 『느리게 성공하기』(럭스미디어) 중에서

나는 광대다

고양이의
안부를 묻다

- 이성아

읽기 전에

가난이란 무엇일까요? 사람들은 가난한 환경을 극복하고 자신의 뜻을 이루어 낸 인물들을 예로 들며 가난은 인생의 자양분이라는 말을 하기도 합니다. 가난해도 행복하다고 말하며 아름다운 시를 남긴 시인 천상병이나 그림을 그릴 종이가 없을 정도로 가난했지만 뛰어난 작품을 남긴 화가 이중섭처럼요. 그럼에도 가난하다는 것은 괴롭고 힘든 일이 분명합니다. 더구나 나만 가난한 게 아니라 주변의 많은 사람들이 다 함께 가난했고 노력하면 얼마든지 가난을 탈출할 수 있었던 예전과 달리, 부자는 점점 더 부자가 되고 가난한 사람은 점점 더 가난해지는 현대 사회에서 가난은 훨씬 더 가혹한 삶의 굴레가 되고 있습니다.

소설 속 '나'는 태어나면서부터 생존을 위해 먹을 것을 찾지 않으면 안 되었던 도둑고양이처럼 하루하루를 치열하게 살아갑니다. 그런 '나'를 따스하게 보듬는 것은 '나'와 다를 바 없이 어렵고 힘든 사람들이지요. '나'는 왜 이렇게 힘든 삶을 살아야 할까요? '나'가 행복하게 살아가려면 세상은 어떤 모습이어야 할까요? 소설을 읽으며 함께 생각해 봅시다.

고양이의 안부를 묻다

◇◇◇

　　소녀는 고양이를 안고 있었다. 물방울이 맺힌 소녀의 머리카락에서
는 샴푸 냄새가 은은하게 풍겼고, 고양이도 막 목욕을 마친 듯 털이 보
송보송했다. 보송보송한 털의 유혹이 너무나 강렬해 나도 모르게 쓰다
듬을 뻔했다. 소녀는 나와 또래처럼 보였다. 그러나 우리는 말이 통하
지 않는 이국의 사람들처럼 어색했다. 아파트 하수구 관이 막혔는데,
지금은 밤중이라 공사를 할 수 없으니 아침에 공사할 때까지 물을 버
리지 않았으면 좋겠다는 말이 지구 반대편의 언어라도 되는 듯 나를
바라보는 소녀의 얼굴에는 아무런 표정이 없었다. 소녀는 나보다는 고
양이와 더 잘 통하는 것 같았다.

　　"고양이는 영물이야. 공연히 곁을 주면 나중에 해꼬지나 당한다니
까."

　　아줌마가 내게 하던 말이다. 고양이는 소녀의 품에서 나를 쏘아보고
있었다. 고양이에게조차 수모를 당한 듯 명치끝이 짜르르 아려 왔다.

　　나에게도 고양이가 있었다. 높은 담을 사뿐히 뛰어올라 얼음사니처
럼 우아하게 걸어 다니던 고양이에게 나는 다미란 이름을 붙여주었다.
음식물 찌꺼기를 모아 두었다가 다미에게 주면 아줌마는 소리를 꽥 질
렀다.

"고양이 밥 주지 말란께. 야가 뭔 똥고집이래. 몇 번을 말해야 알아들을까이."

식당 알바는 힘들었다. 처음엔 청소하고 설거지나 하면 된다고 하더니 술손님들이 많으면 서빙에서부터 고기 잘라 주는 일까지 이것저것 가릴 여유가 없었다. 취한 남자들이 희번덕거리는 눈으로 아래위를 훑어보거나 손이며 엉덩이를 쓰다듬으려고 할 땐 온몸의 솜털이 다 곤두서고 구역질이 나오려고 했다. 그것보다 더 견디기 힘든 건 기차 화통을 삶아 먹은 것 같은 아줌마의 목청이었다.

내 평생 목소리가 그렇게 큰 사람은 처음이었다. 고작 17년밖에 안 산 내가 평생이란 말을 쓰긴 좀 그렇지만, 아마 평생을 곱절로 살아도 그렇게 목청이 큰 사람은 만날 것 같지 않았다. 별것 아닌 일에도 아줌마는 고함을 질러 댔다. 간혹 뭔가 날아가기도 했다. 신기하게도 깨지는 건 하나도 없었다. 양은 냄비나 플라스틱 바가지, 물통이나 양푼, 철판 뒤집개나 슬리퍼 같은 것들이었다. 나는 살얼음판 위를 걸어 다니는 것처럼 조심스럽게 일했다. 수돗물을 세게 틀면 안 되고, 설거지할 때 개수대 밖으로 물이 튀면 미끄러지므로 안 되고, 식탁은 젖은 행주로 닦은 다음 반드시 마른 행주로 닦아야 하고, 기름 묻은 그릇은 오래 두면 안 되고, 안 되는 것은 셀 수도 없이 많았다. 걸을 때 엉덩이를 흔들어도, 무표정해도, 큰 소리로 웃어도 아줌마는 고함을 질렀다. 내가 아무리 조심해도 화낼 일은 얼마든지 있었다. 많이 나온 전기세와 갑자기 오른 임대료, 갑자기 쏟아지는 비, 햇빛이 들이치는 창, 똥 마려운 것처럼 끙끙거리는 개새끼, 시끄러운 오토바이 소리, 그리고 뭘 해도 마음에 안 드는 생선 구잇집 아줌마.

나는 아줌마가 어떻게 살아왔는지 한 번도 물어보지 않았지만 화풀이 끝에 냉수를 벌컥벌컥 들이키며 하는 소리만 듣고도 훤히 알 것 같았다. 아저씨는 원래는 잘 나가던 닥터 기술자였다고 한다. 나는 아저씨가 의사인 줄 알았다. 닥터에 기술자란 말을 붙여서 좀 이상하긴 했지만, 더 이상한 건 아무리 봐도 아줌마가 의사 선생님 사모님 같지는 않았던 것이다. 하지만 그건 너무 지독한 편견이라고 나는 반성했다. 의사 사모님도 혼자 힘들게 살다 보면 아줌마처럼 될 수 있는 거니까. 닥터가 실은 닥트고, 닥트는 환풍 시설 같은 걸 말한다는 걸 알게 된 건 아저씨가 공장에서 해고되고 단식 투쟁을 하다가 그때 얻은 병으로 시름시름 앓으면서 재산을 다 까먹었다고, 죽은 아저씨를 욕하는 소리를 듣고서야 알게 되었다. 생선 구잇집 아줌마가 뭘 해도 마음에 안 드는 건, 생선 구잇집 아줌마의 아저씨가 아직 팔팔하게 살아서 생선 구잇집 아줌마를 차로 출퇴근시켜 주는 것 때문인 것 같았다.

나는 아무래도 식당 알바가 아니라 아줌마의 화풀이 상대인 것만 같았다. 그때마다 당장 그만두고 싶었다. 그런데도 그만두지 못한 건, 나라도 없으면 아줌마의 화병이 도져서 눈알을 뒤집으며 쓰러질 것 같아서였다.

아니, 솔직히 말하면 그만둘 처지가 못 되었다.

두 달 전, 여름방학을 며칠 앞둔 어느 날 밤, 나는 아파트가 무너지는 것 같은 소리 때문에 잠에서 깼다. 쿵쿵, 그건 분명히 도끼나 망치

같은 걸로 아파트를 깨부수는 소리였다. 깜짝 놀라서 불을 켜고 앉았다. 시간은 자정이 넘어 있었다. 소리는 점점 가까워지는 것 같다가 멀어지고 멀어지다가 가까워졌다. 한밤중에 공사라도 하는 걸까?

오빠가 주먹으로 벽을 치는 소리라는 건 상상도 하지 못했다. 나이트클럽에서 기도 일을 하는 오빠는 파랗게 여명이 터 올 무렵에나 돌아왔다. "아침에 나 깨워. 같이 밥 먹게." 고작 두세 시간을 자고 아침이 넘어갈 리가 없는데도 오빠는 배가 고프다고 했다. 밥을 먹어야 잠을 깊이 잘 수 있다고 했다. 그게 다 나 때문이란 걸 나는 알았다. 그렇게라도 하지 않으면 오빠와 나는 같은 집에 살면서도 얼굴 한 번 마주치기 어려웠다. 나이트클럽에서 일하면서도 술을 입에 대지 않는 건 아버지 때문이었다. 나는 아버지가 단 하루도 빈둥거리는 걸 본 적이 없었다. 그런데도 집은 늘 가난했고 엄마와 아버지는 늘 다퉜다. 뭔가가 날아가고 부서지고 깨지고 엄마의 비명 소리가 없으면 오히려 불안한 날들이 일상처럼 이어지던 어느 날 엄마는 집을 나갔고, 횟술을 퍼마시던 아버지는 폭행 치사로 교도소에 갇혔다. 고3이던 오빠는 공사판을 전전하다가 흐지부지 학교도 마치지 못한 채 나이트클럽 기도가 되었다. 나는 간신히 중학교에 진학할 수 있었다.

오빠는 벽을 발로 차고 주먹으로 치고 머리로 받으며 울부짖고 있었다. 마치 벽에 누가 있기라도 한 것처럼 이글거리는 눈빛으로 벽을 노려보고 있었다. 주먹에서는 피가 흘렀다.

"오빠, 왜 그래?"

내가 달려들어 오빠 팔을 붙잡자, 오빠가 나를 돌아보았다. 잠시 멍하니 나를 바라보던 오빠는 갑자기 엉엉 울었다. 울면서 한 말은 이랬다.

"자기가 여대생이래, 여대생. 돌아 버려. 그래서 뭐? 여대생이 벼슬이야? 나이트클럽 기도는 지 발싸개만도 못하고, 벌레만도 못한 거야? 인간도 아니야? 참았어, 참았다고. 사장이 하라는 대로 사과도 했어. 씨바, 그런데 그걸로는 안 된대. 무릎을 꿇고 빌래. 난 잘못한 거 없다고. 그년이 아주 나를 자기 종으로 보는 거야. 그래서 한번 쳐다본 것뿐이야. 집에 돈 좀 있다고 얼마나 싸가지 없이 굴던지, 생각 같아서는 귀싸대기를 한 대 올려 주고 싶었지만 참았다고. 그런데 다짜고짜 내 뺨을 때리는 거야. 그걸 가만둬. 그런데 사장이 와서는 뭐가 어떻게 됐는지 묻지도 따지지도 않고 무조건 나를 패. 주먹으로 발로. 그리고는 여대생한테 사과를 하래. 여대생이 뭐라는지 알아? 무릎 꿇고 사과를 하래. 무릎을 꿇고."

오빠는 지쳐서 잠이 들었다. 내 무릎을 끌어안고 웅크린 오빠는 어린아이 같았다.

질색을 하는 아줌마의 눈을 피해 다미에게 꼬박꼬박 먹이를 챙겨 준 건 무엇 때문이었을까. 어쩌면 그건 아줌마가 산처럼 쌓인 울화를 터뜨려야만 살아갈 수 있는 것과 비슷한 그런 거 아닐까.

다미도 나와 몇 번 눈이 마주치기 전에는 음습한 곳으로만 숨어 다니는 도둑고양이였다. 식당 뒷문을 열면 뒷집 담 사이에 좁은 복도 같은 공간이 있었다. 끝에는 화장실과 쓰레기통이 있고 담을 따라 소주 맥주 박스와 된장 고추장 같은 플라스틱 통들이 쌓여 있었다. 쪼그려

앉으면 등이 닿을락 말락하는 그곳이 내가 한숨 돌릴 수 있는 공간이었다. 화장실 냄새와 쓰레기가 부글거리며 썩어 가는 냄새가 뒤섞여 뭐라고 말할 수 없는 악취가 풍겼지만, 그래도 하늘에는 별이 보였고 간혹 서늘한 바람이 불어오기도 했다. 무엇보다 누구 눈치도 볼 필요 없는 혼자만의 공간이었다. 그곳이 나만 찾는 공간이 아니란 걸 알게 된 건 알바를 시작하고 보름쯤 지나서였다. 고함 소리와 담배 냄새에 찌들고 다리도 아파 뒷문을 열고 나왔는데 부스럭, 소리가 나더니 휘리릭 바람을 일으키는 것이 있었다.

놀란 것은 저나 나나 똑같았다. 그런 와중에도 나는 어둠 속에서 하얗게 빛나던 다미의 털과 날렵한 몸짓에 감탄했고, 한껏 우아하게 담장 위를 걸어가던 다미는 마치, 넌 누구니? 하듯이 돌아보았다. 우리는 그렇게 서로를 알아보았다, 고 나는 생각했다.

그때부터 나는 다미를 위해 깨끗한 그릇에 음식물을 모아서 놓아두었다. 한동안은 내가 준 먹이를 다미가 먹는지 다른 놈이 먹는지 확인할 수 없었다. 다미와 나는 마치 같은 전극을 가진 지남철처럼 일정 거리 이상은 가까워질 수 없었다. 팽팽하던 긴장이 조금씩 느슨해지고 있다는 걸 느낀 건 한 달쯤 지난 후였다. 내가 뒷문을 여는 것과 동시에 후다닥 담을 타던 다미. 그런데 언젠가부터 그 시간이 조금씩 겹치기 시작하더니 조금씩 늘어났다. 다미는 내가 밥을 준다는 걸 알고 있었다. 어느 날엔가는 밥그릇을 내놓으려고 나가는데 벌써 다미가 와 있었다. 나는 멈칫거리다 조심스럽게 밥그릇을 내려놓았다. 다미는 후다닥 등을 돌리지는 않았지만 그렇다고 얼른 다가오지도 않았다. 나는

뒷걸음질로 뒷문으로 돌아가 몸을 가리고 다미를 지켜봤다.

그 숨 막히는 정적이라니. 다미는 얼음처럼 굳어 버린 자세를 한동안 풀지 않았다. 한쪽 발은 먹이에 대한 강렬한 유혹 때문에 벌써 앞으로 나와 있었다. 생명을 받아, 먹어야 사는 생명으로 이 세상에 태어났으나, 태어나는 순간부터 먹이를 찾으러 다녀야 하는 삶이었다. 먹어야 산다는 기본적인 것을 충족시키느라 다른 건 생각도 못했다. 가장 기본적인 먹는다는 그것이 때론 곧장 죽음의 길로 이끌기도 한다는 것, 살면서 배운 게 있다면 그것이었다. 다미는 손톱 끝만큼도 내게 고마운 눈빛을 보낸 적이 없었다. 고마움은커녕, 경계심의 마지막 한끝은 결코 놓지 않았다.

"참 쌀쌀맞기도 하구나. 고맙단 말 좀 해봐. 냐오옹냐옹, 이렇게."

고양이 소탕 이야기가 나온 건 한두 번이 아니었다. 음식물 쓰레기 봉투를 마구 파헤치는 것 때문이었다. 음식물 쓰레기로 배가 부른 고양이들은 힘들게 쥐를 잡지 않아 쥐는 쥐대로 끓고 다른 동네 고양이들까지 몰려들어 아수라장인 데다, 악취까지 심해 장사에 심각한 영향을 끼친다는 것이었다. 그런 판국에 생선 구잇집 아주머니가 갑자기 튀어나온 고양이에 놀라서 엉치뼈에 금이 가는 사건이 발생했다. 생선 구잇집 아저씨는, 즉시 먹자골목 주인들의 연명을 받아 구청에 제출했다.

나는 이해할 수 없었다. 음식물은 넘쳐났다. 사람들이 먹다 남은 음식들은 고무통 속에서 온갖 악취를 풍기며 썩거나 쓰레기봉투에 담겼다. 그러느니 고양이들에게 먹이를 준다면 고양이들이 쓰레기봉투를 찢지 않을 것 아닌가. 나는 아줌마와 토론 아닌 토론을 벌였다. 토론이라고 할 수도 없는 것이 아줌마는 일방적으로 고함을 질렀고 나는 언제든 도망갈 자세로 간신히 말을 섞어 본 것뿐이었다.

"씨알머리도 안 멕히는 소리하지 말고, 한 번만 더 괭이 밥 주면 가만 안 둔다. 그리 알아라."

이게 결론이었다.

그러나 나는 다미에게 밥 주는 걸 멈추지 않았다. 사소한 것 하나도 고집을 부려 본 적이 없는 내가, 친구들과 떡볶이를 먹을 것인지 튀김을 먹을 것인지 실랑이를 벌이다가도 양보해 버리고 마는 내가, 호랑이 같은 아줌마 눈을 피해 가며 다미를 챙겨 준 이유는 나도 알 수 없었다. 훌륭한 일을 하고 있다고 생각한 것도 아니었다. 마치 동물 애호가처럼 행동하고 있었지만 사실은 그런 내가 나도 싫었다. 친구들 중 누구도 길고양이 따위에 신경 쓰는 아이는 없었다. 아이들의 머릿속은 온통 최신 폰과 예쁜 옷과 신발로 가득 차 있었고, 언젠가는 그걸 가지고 입고 신었다. 가장 민감한 건 머리 색깔과 헤어스타일이었으며 물광 피부를 위해 뷰티 숍을 드나들었고 작고 빛나는 큐빅 목걸이와 귀걸이를 달고 프로방스풍의 커피숍에서 카푸치노와 카라멜마끼아또를 마시고 남자 친구들의 이벤트를 놓고 저울질했다.

나도 그러고 싶었다. 다만 나는 알고 있었다. 그런 것들은 내게 허락된 것이 아니란 것을, 그래서 포기한 것뿐이다. 눈앞에 아무리 기름진 음식이 있어도 선뜻 손대지 못하고, 달콤하고 화려할수록 그것이 자신을 파멸로 이끌지 모른다는 경계심을 타고난 길고양이처럼.

한여름이 지나고 가로수 잎이 하나둘 물들기 시작할 무렵, 나는 식당을 그만두었다. 오빠가 일자리를 구한 것이다. 오빠는 치킨과 돈 봉투를 내밀었다. 나는 돈이 들어 있는 것이 분명한 봉투의 액수부터 확인하고 싶은 마음을 꾹 누르고 온몸을 부르르 떨며 치킨에 코를 박고 킁킁거렸다.

"그동안 힘들었지?"

나는 치킨 다리를 물고 고개를 저었다. 너무 기뻐서 눈물이 날 것 같았지만 다행히 치킨의 고소함이 그걸 눌러 주었다.

"이젠 걱정 말고 공부나 열심히 해. 그리고 넌 무슨 일이 있어도 대학 가야 된다. 씨바, 정 성적이 안 되면 지방에 있는 후진 데라도 꼭 가야 돼. 대학 안 나오면 좆도 아닌 게 세상이야. 아버지가 왜 그렇게 대학 가라고 그랬는지 이제 알 것 같아. 아, 씨바. 왜 꼭 그런 건 이렇게 한발 늦게 알게 될까?"

오빠는 스스로가 대견한 듯 으쓱거리며 닭다리를 뜯었다. 나도 닭다리를 물고 히죽거렸다. 대학이라니, 진작부터 내 목표는 고등학교를 무사히 졸업하는 것이었다. 오빠도 사회 물을 먹기 시작하더니 어른 같은 소리만 했다. 아무래도 좋았다. 저 돈으로 밀린 관리비도 내고 쌀도 사고 달걀도 사고 김치도 사야지, 내 머릿속은 계산기 두드리는 소리만 요란했다.

그러다가 문득 다미가 떠올랐다.

이제 다미는 다시 쓰레기봉투를 뒤져야 할 것이다. 어린 왕자에게 여우가 말했던가. 서로가 소중해지는 건 거기 바친 시간 때문이라고,

정말 소중한 건 눈에 보이지 않는다고. 그렇게 서로 길들어 가는 거라고. 하지만 나는 내가 길들인 것에 대해 책임을 다하지 못했다. 그러니까, 다미가 옳았다. 다미는 내게 고마울 것이 하나도 없다. 오히려 지겨운 식당일에 조금이나마 숨통을 트게 해 준 다미에게 내가 고마워해야 했다. 그것으로 셈은 끝난 것이다. 나를 길들이지 않고 내 곁을 일찍 떠나 버린 엄마처럼 말이다.

알바를 그만두고 얼마 후 아줌마에게 전화가 왔다. 일주일 치 일한 돈을 받아 가란 거였다. 내겐 적지 않은 돈이었지만 갑자기 그만둔 것이 미안해서 포기하고 있었다. 아줌마는 마지막 순간까지 내게 호통을 쳤다.

"야가 이래 물러갖고 험한 세상 으째 헤쳐 나갈끄나. 지가 생떼를 써도 모자랄 판에 내가 몇 번을 전화하게 만들어? 전화비 내놔."

나는 아줌마에게 돈 봉투를 받고 나오다가 뒷문 쪽을 한번 쳐다봤다.

"아줌마, 그거 했어요?"

"뭐?"

"고양이 소탕 작전이요."

"몰라. 민원 넣었으니까 했겠지. 그래 봤자 소용없어."

"왜요?"

"왜긴. 그럴수록 더 극성스럽게 새끼들을 까 대거든. 사는 게 힘들수록 새끼들을 까 대는 거, 그게 본능이거든. 나무도 봐라. 태풍에 쓰러진 나무가 갑자기 꽃을 확 피운단 말이다."

다미는 어떻게 됐을까?

정류장에서 봉투를 열어보니 십이만 원이 들어 있었다. 만 오천 원이나 더 넣은 것이다. 횡재를 한 기분이었다. 순간 눈앞에 꽃무늬치마가 나풀거렸다. 식당 오는 길에 보고 또 보고 몇 번이나 발길을 멈추게 하던 치마. 나는 다시 길을 거슬러 올라갔다. 다미는 잊혀졌다.

오빠는 잠이 들어 있었다. 텔레비전에서는 아이돌 스타들의 가상 결혼 이야기가 나오고 있었다. 같이 먹기로 한 저녁상은 그대로였다. 치마를 사러 가기 전까지만 해도 같이 저녁을 먹기로 약속했었는데, 내가 들어온 시간은 열 시가 훌쩍 넘어 있었던 것이다.

화장실에 가려던 나는 흠칫 놀랐다. 허공에 한 발을 든 채 욕실을 살폈다. 욕실 바닥이 흥건했다. 물이었다. 물은 거의 욕실 문턱까지 차올라 있었다.

"오빠!"

나도 모르게 오빠를 소리쳐 불렀다. 그러나 오빠는 기척이 없었다.

비가 오는 날도 아니었다. 물은 욕실 하수구에서 역류하는 것 같았다. 하수구를 막고 있는 정사각형의 덮개 구멍에서 조금씩 스며 올라오고 있는 듯했다. 더러운 물은 아니어서 욕실 바닥 타일이 그대로 비쳐 보였다. 마치 조용한 실내 수영장 같았다. 그러나 수면의 경계는 조금씩 올라오고 있었다. 가스가 퍼지듯이 조용히.

왜 이런 일이?

나는 맥을 놓고 조용히 물이 차오르는 욕실을 바라보았다.

치마를 사고 나자 내 것만 산 게 민망했다. 오빠의 잠바가 떠올랐다. 언제부턴가 입고 다니던 파란색 잠바는 완전히 중년 아저씨풍이었다. 남자 옷 가게를 기웃거리며 돌아다녔다. 그러다 보니 어느덧 언덕길을 오르고 있었다. 도로의 상가 지역이 언덕으로 이어지고 있었던 것이다. 한 가게를 나와 다른 가게로 들어가려는데, 얼핏 내 눈길을 붙잡는 게 있었다. 언덕 위에서 구름처럼 피어오르는 소요. 자욱한 먼지 사이로 퍼져나가는 소리 없는 소음. 그리고 사람들의 비명 소리가 뒤엉킨 사이로 뛰어다니는 파란 잠바. 무언가에 이끌리듯 다가간 그곳은 철거 지역이었다. 큰길가의 상가 지역은 호수처럼 평온한데, 구름 덮인 언덕에서는 때리고 부수고 밀고 차는 아수라장이 벌어지고 있었던 것이다. 가슴이 방망이질 쳤다. 심장이 터질 것 같았다. 오빠는 망치를 휘두르고 있었다.

밖에서 웅성거리는 소리가 들렸다. 문을 열어 보니 앞집 아줌마와 총무 아줌마가 이야기를 하고 있었다. 훤히 열린 앞집 문으로 런닝 셔츠만 입은 아저씨가 욕실에서 세숫대야에 물을 퍼 담고 있는 게 보였다. 한눈에 상황이 이해됐다. 앞집도 하수구 물이 역류하고 있는 것이다. 총무 아줌마는 세 동밖에 없는 아파트의 관리 사무소장 같은 사람이었다. 앞집 아줌마는 총무 아줌마를 불러 대책을 논의하면서 우리 집에는 연락도 하지 않은 것이다. 엄마가 집을 나가고 아버지가 교도소를 간 후 앞집 아줌마는 내가 인사를 해도 받지도 않았다.

"다 돌아봤는데, 이 라인만 이러네. 너희 집도 하수구 물 올라오니?"

총무 아줌마가 물었다. 내가 고개를 끄덕이자 앞집 아줌마는 볼 것
도 없다는 듯 단정적으로 말했다.

"하수구에서 솟구치는 거라니까. 막힌 거야."

지하실로 내려가는 아줌마들을 따라갔다. 늘 문이 굳게 닫혀 있던
지하실 문을 열쇠로 따고 들어가자 습한 공기가 훅 끼쳤다. 어두운 바
닥에는 정체를 알 수 없는 물건들이 쌓여 있고 천장으로는 기역자, 니
은자의 굵은 관이 서로 엇갈리면서 지나고 있었다. 마치 거대한 선박
의 기관실 같았다. 5층짜리 아파트에 사는 사람들이 씻고 닦고 싸고
버리는 오물들이 흘러가는 관이었다. 이 중에는 변기 레버를 눌러서
모인 것들이 흘러가는 관도 있을 것이다.

"여기, 여기서 물이 새네."

후레쉬로 관을 따라가며 유심히 살피던 총무 아줌마가 말했다.

"그렇지? 관이 막힌 거 맞다니까."

"지난번엔 옆 라인에서 그러더니. 그때도 머리카락이랑 세탁기에서
나오는 섬유랑 먼지 같은 것들이 잔뜩 엉켜 있더라고. 아파트가 삼십
년이 다 돼 가니, 안 막히는 게 오히려 이상하지."

"그러니까 위층 사람들 때문에 우리가 피해를 보는 거잖아."

"어쩔 수 없지, 뭐. 그래서 1층이 싸잖아."

"지금 설비회사에서 올 수 있나?"

"전화해 봤는데, 지금은 못 오고 내일 아침에 오겠대."

"그러다 밤중에 넘치면 어쩌라고?"

"내일 아침까지 물을 쓰지 말라고 해야지."

"다 돌아다니면서?"

"어쩌겠어?"

두 아줌마의 시선이 나에게 향했다.

5층부터 시작해서 내려오기로 했다. 한밤중, 아파트의 철문은 완강했다. 선뜻 문을 두드릴 용기가 나지 않았다. 욕실 하수구에서 소리 없이 차오르던 물을 떠올리며 간신히 철문을 두드렸다. 문을 연 사람은 젊은 남자였다. 대학생인 것 같았다. 오빠도 밖에 나가면 사람들이 대학생으로 보아 줄까? 나는 물을 사용하지 말아 달라고 부탁하면서도 이런 생각을 하고 있었다. 502호에서는 눈썹문신이 짙은 아줌마가 나왔다. 날카로운 인상과 달리 아줌마는 선선히 고개를 끄덕였다. 그러나 3층 배불뚝이 아저씨는 굉장히 신경질적이었다. "그럼 씻지도 말라고? 출근하면서 세수도 하지 말라는 거야?" 나는 한발 뒤로 물러서며 고개를 주억거렸다. "세수는 하셔야지요." "그럼 화장실은? 화장실은 어쩌라고?" 배불뚝이 아저씨는 자기만 억울하게 피해를 당한다는 듯 따지고 들었다. 너무나 당당한 태도 앞에서 나는 모든 게 다 내 잘못인 것만 같아졌다. 순순히 대답을 한 사람들은 단지 귀찮아서 고개를 끄덕였는지도 모르겠단 생각이 들었다. 자고 나면 잊어버릴지도 모른다. 평소 하던 대로 머리를 감고 샤워를 하다가 그제야 아참, 하겠지만 곧 나랑 상관없는 일이니까 뭐, 할지도 모를 일이다. 현관문을 아무리 두드려도 인기척이 없는 집도 세 집이나 되었다. 빈집인지 귀찮아서 문을 열어 주지 않는지 알 수 없었다. 고양이를 안은 여자아이가 나온 집은 2층이었다. 그 아이의 방은 내 방 바로 위일 것이다. 여자아이는 내 설명을 다 듣고 나서야 천천히 고개를 돌리고 엄마를 불렀다.

엄마.

나는 마치 처음 들어 보는 말인 것처럼 엄마 하고 웅얼거렸다.

이성아

삼각형 모양의 먹이 사슬에 대해 처음 배운 것이 중학생 때였던 것 같다. 그때는 그게 저 아프리카의 사바나 밀림에나 해당하는 이야기인 줄 알았다. 그런데 요즘은 세상이 밀림처럼 되어 버렸는지, 어디를 봐도 삼각형 모양의 먹이 사슬처럼 보인다. 태어날 때부터 불안을 안고 살아가야 할 아이들을 보면 가슴이 메어 와 내 눈마저 삼각형이 되려고 한다. 나이가 들어 가는 모양이다. 자꾸만 노파심만 깊어 간다. 작가가 노파심만 깊어 가면 안 되는데, 하면서도 어쩔 수 없다. 그래서 자꾸만 아이들에게 눈길이 간다.

소설집으로는 『태풍은 어디쯤 오고 있을까요』『절정』이 있으며 청소년 단편 「막다른 골목에서」(계간《쌍띠르》)「엄마는 괜찮을까요」(『그 순간 너는』(공저))와 평전 『최후의 아파치 추장, 제로니모』와 장편 동화 『누가 뭐래도 우리 언니』 등이 있다.

고양이의 안부를 묻다

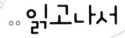

읽고나서

세상의 가난, 가난의 세상

● **1. 소설 속 '나'와 고양이가 처한 상황을 적어 보고, 둘의 공통점을 찾아봅시다.**

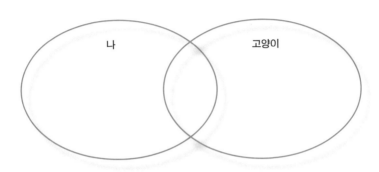

나

고양이

2. 소설 속 인물들의 행동과 대사를 통해 이들이 처한 어려운 상황과 그 원인, 그리고 어려움에 대처하는 방법을 찾아봅시다. 또 이들의 어려움을 해결할 수 있는 방법도 함께 이야기해 봅시다.

• 식당 주인아줌마

처한 상황	어려움의 원인	대처하는 방법
남편이 죽고 혼자서 식당을 꾸려 가며 살고 있다.	남편이 해고된 뒤 단식 투쟁을 하다 병을 얻어 죽었기 때문이다.	별것 아닌 일에도 고함을 지르고 물건을 던지고 화를 자주 낸다.

어려움을 해결할 수 있는 방법 : '나'의 형편이 어려운 것을 알고 아르바이트비를 따로 더 챙겨 준 것처럼 이웃과 따뜻한 공동체를 만들어 서로 돕는다. 또 정부에 작은

가게를 지원하는 정책을 적극적으로 요구한다. 아울러 다른 사람이 남편처럼 쉽게 해고되지 않도록 하는 정책도 함께 요구한다.

• 오빠

처한 상황	어려움의 원인	대처하는 방법

어려움을 해결할 수 있는 방법 : _____

_____

_____

• '나'

처한 상황	어려움의 원인	대처하는 방법

어려움을 해결할 수 있는 방법 : _____

_____

_____

고양이의 안부를 묻다

3. '나'가 고양이에게, 오빠가 '나'에게 등등 소설 속 등장인물들이 서로를 위로해 주는 모습을 상상하며 편지를 써 봅시다.

고양이가 '나'에게

처음 네가 밥을 주었을 때 나는 당황했어. 그전에는 한 번도 인간에게 밥을 얻어먹어 본 적이 없었거든. 그런데 내가 밥을 먹으면 네가 웃더라. 그래서 네가 웃는 모습 보려고, 널 위로해 주려고 더 밥을 맛있게 먹었어. 나도 혼자라 네가 많이 외롭다는 걸 잘 알아. 하지만 넌 오빠도 있고 아줌마도 있잖아. 무엇보다 너를 사랑할 수 있는 네 자신이 있다는 걸 잊지 마. 고마웠어.

(　　　　)가 (　　　　)에게

4. 다음 테스트를 통해 가난에 대한 자신의 생각을 확인해 봅시다.

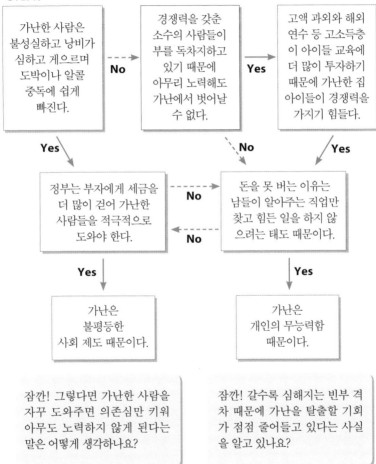

Start!

가난한 사람은 불성실하고 낭비가 심하고 게으르며 도박이나 알콜 중독에 쉽게 빠진다.

No →

경쟁력을 갖춘 소수의 사람들이 부를 독차지하고 있기 때문에 아무리 노력해도 가난에서 벗어날 수 없다.

Yes →

고액 과외와 해외 연수 등 고소득층이 아이들 교육에 더 많이 투자하기 때문에 가난한 집 아이들이 경쟁력을 가지기 힘들다.

Yes ↘

정부는 부자에게 세금을 더 많이 걷어 가난한 사람들을 적극적으로 도와야 한다.

No →
← **No**

돈을 못 버는 이유는 남들이 알아주는 직업만 찾고 힘든 일을 하지 않으려는 태도 때문이다.

Yes ↓

가난은 불평등한 사회 제도 때문이다.

Yes ↓

가난은 개인의 무능력함 때문이다.

잠깐! 그렇다면 가난한 사람을 자꾸 도와주면 의존심만 키워 아무도 노력하지 않게 된다는 말은 어떻게 생각하나요?

잠깐! 갈수록 심해지는 빈부 격차 때문에 가난을 탈출할 기회가 점점 줄어들고 있다는 사실을 알고 있나요?

고양이의 안부를 묻다

5. 아래 사진 속 사람들의 삶에 대해 생각해 보고 이들의 삶이 힘들고 고달픈 이유에 대해 이야기해 봅시다.

뉴시스, 〈서러운 떡볶이 아줌마〉, 2008

6. 다음 글을 읽고 화자가 느끼는 절망감의 원인은 무엇인지 생각해 봅시다.

제 꿈은 아직 모르겠어요. 꿈이 있어야 되는데……. 학교도 가기 싫었고 커닝하다 걸렸을 때 어차피 공부도 못하니까 돈이나 벌어야겠다, 그게 나은 것 같았어요. 남들은 후회한다고 하는데 후회 안 해요. 더 낫다고 생각해요. 룸살롱에서 일하다가 전화 와서 일 좀 도와달라고 하면 그만두고 가고…….학교 다닐 때 축구했었는데 축구는 체력이 너무 달려서 못 하겠더라구요. 권투를 2년 했었는데 눈이 나빠져서 그만뒀어요. 지금은 마이너스까지 내려가서……. 탤런트 학원 다녔는데 KBS에서 뭐 해가지고 1차 사진은 합격했는데 2차에서 떨어졌어요. 학력 때문인지……. 중졸, 중퇴잖아요. 하고 싶은 건 아직 생각 중이에요. 할 줄 아는 게 배운 게 권투밖에 없거든요. 운동이나 열심히 할걸……. 아 나는 왜 하필 태어날 때 이런 집에서 태어났나 하는 생각이 들죠. 옛날에 친구들이 장난감 자랑하고 그러잖아요. 장난감 별로 안 좋아하긴 했지만 전 그렇게 못하니까. 갖고 싶은 거 맘대로 못 가지니까 사 달라고 말도 못하고……. 그런데 나이 들수록 내가 커서 잘살면 내 아들도 잘살고, 내가 못살면 내 아들도 똑같이 못살고, 못살고, 돌고, 돌고, 또 돌고 계속 그 자리만 머물게 되고, 꿈이 있어야 하는데……. 배우긴 배워야 되는데 배울 동안에 돈을 못 벌잖아요. 돈을 못 버니까 힘들잖아요. 어릴 때 배워야 하는데……. 웨이터도 기술이니까 못하면 안 쓰잖아요. 일은 안 한 거 없어요. 다 해 봤어요. 할머니는 맨날 그래요. "너 왜 한 달도 못 버티냐?" 중국집에서 2년 정도 했고, 거의 중국집, 거의 중국집에서 배달 많이 하고 면허증 없을 때, 또 면허증 막상 따니까 중국집 일을 안 하게 되더라고요. 열여섯 살 때 술집 많은 데 가서 삐끼(호객행위) 같은 거 하고 또 그만두고 다 했어요. 뭐 아르바이트는 아르바이트대로 다 했어요. 하다 그만두고 하다 그만두고 나도 그때 왜 그랬는지 모르겠어요. 지금은 이제 마음대로 못 그만두겠어요. 지금 아파서 그만두게 됐는데 내가 그러니까 나이가 먹어서 그런지 모르겠는데 그만두고 어딜 가지, 가면 또 2~3일 정도 쉬게 될 텐데 그런 생각이 막 들더라구요. 나이는 못 속이는 거예요…….

조은, 『사당동 더하기 25』(또하나의문화) 중에서

고양이의 안부를 묻다

((**

커피의 맛

- 표명희

≫

°° 읽기 전에

나와 다른 사람을 만나는 걸 어떻게 생각하나요? 즐겁고 설레고, 호기심 가득한 일인가요? 걱정되고 힘든 일인가요? 우리의 인생은 평생 새로운 사람들을 만나 가는 과정인지도 모릅니다. 가족을 만나고, 새로운 친구들을 만나고, 직장에서 선후배를 만나고, 배우자를 만나고, 자신의 자녀를 만나고. 모두 나와 '다른' 사람들인 것은 맞지만 우리가 그들과 이질감을 느껴 배척하는 경우는 드뭅니다.

그렇다면 조금 더 '많이' 다른 사람을 만나 봅시다. 나와 겉모습이 다른 사람, 나와 인종이 다른 사람, 나와 출신이 다른 사람, 나와 성 정체성이 다른 사람. 우리가 만나 볼 이야기 속에는 자신이 받아들이기 어려울 정도로 '많이 다른' 타인과 한집살이를 시작한 친구가 있습니다. 타인과 나의 '다름' 때문에, 타인의 호의도 순수하게 받아들이지 못하는 고민에 빠진 주인공. 주인공은 이 상황을 피해야 할까요? 정면 돌파해야 할까요? 커피는 마시고 싶은데 너무 써서 달콤하게 맛을 낸 마끼아또만 마시던 주인공이 커피 본연의 맛을 느끼게 되기까지 어떤 스토리가 있었던 걸까요? 타인과의 달콤쌉싸름한 동거는 이제부터 시작됩니다.

❀ 커피의 맛

◇◇◇

버스가 광화문 광장으로 들어섰다. 웅은 백팩을 열고 모자를 꺼냈다. 책과 잡동사니에 짓눌려 모자는 쭈글쭈글했다. 비틀어진 챙을 바로잡고 주름을 폈다. 그걸 쓰려다 웅은 멈칫했다. 이제 그럴 필요가 있을까, 싶어서였다. 손으로 만지작거리다 웅은 모자를 가방에 도로 집어넣었다. 쿨하게 마무리하는 거다. 마침 자연스럽게 '컴백 홈'할 수 있는 핑곗거리도 생겼다. SAT 학원이 다음 달 이전을 하게 된 것이다. 학생에게 입시 관련 일만 한 무기가 어디 있나.

'학원 끝나고 이따 새로 생긴 커피 전문점으로 와. 모처럼 얼굴 맞대고 대화 좀 하자.'

때마침 이모가 멍석까지 깔아 놓았다. 절호의 기회다. 그렇다고 웅의 마음이 가볍기만 한 것은 아니었다. 집으로 다시 들어가는 것도 내키지 않는 데다 의욕적으로 시작했던 생활을 접어야 하는 데 대한 아쉬움, 아니 열패감이 없지도 않았다. 새로운 시도가 결국 반년 남짓에 '쫑' 내게 됐으니 보기에 따라서는 해프닝, 또는 '작은 반란'으로 비칠 수도 있다. 시작도 만만치 않았건만……

"우리집 '19금'이야. 미성년자는 안 돼."

처음, 이모는 깐깐한 사감 선생처럼 굴었다. '금남禁男'을 걱정했지

'19금'은 예상 밖이었다. 스무 살에 독립해 줄곧 혼자 살아왔던 노처녀 이모는 몇 년 전부터 하우스메이트와 공동생활을 해 오고 있었다. 웅은 전학 온 학생처럼 그 속에 슬쩍 끼어들 생각이었다.

'고시원이나 오피스텔은 말도 안 되고, 외할머니 댁이나 이모 집, 둘 중 하나면 생각 좀 해 볼게.'

오랜 신경전 끝에 간신히 얻어낸 엄마의 양보였다.

완전 독립은 불가였다. 꿩 대신 닭이라며 웅은 이모를 택했다. 하지만 닭은 벼슬과 꽁지를 빳빳이 세우고 꿩 행세였다. 웅은 끈질긴 부탁과 설득 끝에 이모로부터 '19금 해제'를 간신히 얻어 냈다. 대신 이모는 다른 조건을 내세웠다.

"뭐, 리포트? 그것도 A4용지 다섯 장이나?"

웅의 반문에 이모는 무심히 고개를 끄덕였다. 웅이 집을 나와 이모와 같이 살아야 하는 이유와 각오를 담은 장문의 글을 써 내라는 것이었다.

"대입 논술도 아니고 입사 시험도 아니고, 아니 그보다 더 어렵잖아."

"당연히 그런 것보다 어렵지. 남과의 한집살이란……."

이모는 '남'이라며 또렷이 선까지 그었다. 웅도 이모한테 기댈 생각은 손톱만큼도 없었다. 같이 살더라도 철저하게 독립적으로 살 생각이었다.

"알았어."

웅은 난생 처음 써보는 성격의 글을, 그것도 A4용지 다섯 장 분량을

커피의 맛

메우느라 기말고사 시험 기간보다 괴로운 날을 보내야 했다.

"~#$^%@*#@&%^%@#!^@@^&&^*@#$%$#~!@##~!"

유창한 영어가 버스의 고요를 흩뜨려 놓았다. 외국인 여자와 한국 남자 커플이 차에 오르면서다. 띄엄띄엄 앉아 있는 네댓 명의 승객들이 한 번씩 그들을 흘끔거린다. 여자는 금발의 곱슬머리가 사자 갈기처럼 부풀어 있고 남자는 중처럼 반들거리는 스킨헤드다. 컬트 영화 속 등장인물 같다. 둘이 늘어놓는 영어가 그걸 더 실감나게 한다. 둘의 수다는 각자 휴대폰에 빠져들면서 잠잠해진다. 웅의 눈에 그들이 보고 있는 스마트폰 액정화면이 또렷이 잡힌다. 백인 여자는 개그 프로를, 남자는 애니메이션을 보고 있다. 외국 여자가 경상도 사투리로 늘어놓는 개그를 보며 깔깔대는 모습이 남자가 보고 있는 애니메이션만큼이나 비현실적이다. 릭도 그랬다. 가장 좋아하는 티브이 프로로 '개콘'을 꼽았다.

"웅아, 인사해. 이 친구는 릭."

맨 처음 그를 봤을 때 웅은 '혹시 이모가 연하남과 동거라도?' 하는 생각에 잠시 당황했다. 지금껏 이모의 하우스메이트는 대학생 아니면 직장인으로, 직업도 각양각색이었지만 공통점은 언제나 여자라는 사실이었다.

"내가 강의 나가는 학교에 교환학생으로 와 있는 친구야."

이모는, 스스로의 표현에 따르면 '자살률 제일 높은 비정규직'인 대학 시간 강사였다. 릭이 캐나다 교포 대학생이라는 것, 마침 빈방이 하나 있어 이모가 임시 숙소로 제공했고, 며칠 지내 본 릭은 임시 숙소가 집처럼 편하다며 이모의 하우스메이트를 청해 왔다는 얘기가 뒤따랐다.

"필기 통과했으니 이제 실기다."

릭과 인사가 끝나자 이모는 뜻밖의 말을 꺼냈다.

"아니, 뭐가 또 남았단 말야?"

웅이 놀라며 되물었다. 작문 과제를 해서 보낸 지 열흘 만에 이모의 연락을 받은 웅은 합격 통보인 줄 알고 한달음에 쫓아왔던 것이다.

"일요일 식사를 책임지겠다고 했으니 맡길 만한지 확인해 봐야지."

웅은 리포트 마지막 장에 선심성 생활 수칙까지 써넣은 자신의 실수를 깨달았다.

"심사는 릭이 할 거야. 이 친구, 세계 각국의 음식을 만들 줄 아는 수준급 요리사거든."

이모가 옆자리에 말없이 앉아 있는 릭을 가리켰다.

릭은 이모의 말이 과분하다는 듯 손사래 쳤다. 선이 고운 얼굴에 낮고 차분한 목소리의 꽃미남이었다. 그는 우리말은 물론, 영어를 원어민처럼 구사하는 교포 대학생이었다. 이모 집에서 살아야 할 이유가 더 분명해졌건만 넘어야 할 산이 만만치 않았다. 십 년 넘게 펜대 굴려 왔어도 작문 하나 완성하는 데 일주일 걸렸건만, 라면 끓여 본 경험이 고작인 자신에게 요리 실력 테스트라니. 그것도 국제적 입맛을 가진 사람의 미각을 만족시켜야 하는 조건의…….

"어떤 요리?"

웅이 긴장하며 이모에게 물었다.

"냉장고에 있는 재료로 아무거나 만들어봐."

"엄마가 '아무거나'라는 메뉴만큼 어려운 요리는 없다더라고."

불평하듯 되쏘며 웅은 주방으로 향했다. 이왕 빼든 칼 그냥 접을 수는 없었다. 냉장고 문을 열고 안을 살폈다. 모르는 문제투성이 시험지 들여다보듯 냉장고 속이 동굴 같았다. 한참 들여다보고 있으니 야채 칸과 문 쪽의 조미료와 소스류가 차츰 눈에 잡혔다. 그것들이 슬슬 웅의 승부욕을 부추겼다.

"더 필요한 거 있어?"

이모가 냉장고로 다가서며 물었다.

"응."

"뭔데?"

"노트북."

영어가 다시 버스 안을 굴러다닌다.

"~-#$%@*#~@&%~!@~!"

사자머리와 스킨헤드 커플이 내릴 준비를 하면서다. 빠르고 수다스런 영어인데도 웅은 절반 이상 알아들을 수 있었다. 신기했다. 그동안 릭과 가까이 지낸 덕 같았다. 차에서 내린 커플이 얘기를 나누며 걸어가는 모습이 차창으로 보인다. 표정이나 몸짓이 크고 활기에 넘친다. 릭과 영어로 대화를 나눌 때도 그랬다. 제스처나 얼굴 표정이 훨씬 잘 살아났다.

"그 친구 이름이 왜 릭인 줄 알아?"

이모의 말에 웅은 고개를 갸웃했다. '하영우'라는 본명으로는 도통 감을 잡을 수 없었다.

"알코올릭, 워크홀릭, 러브홀릭에서 딴 이름이래. 풀 네임은 탐 릭, 우리말 '탐닉'에서 힌트를 얻었대나······."

"요즘 하는 밤 산책도 '워크홀릭'에 해당하는 거네."

웅이 말장난하듯 대꾸했다.

릭은 특별한 일이 없는 한 거의 매일 밤 10시면 산책에 나섰다. 집과 정류장 사이에 있는 5~6백 미터의 길이 산책 코스였다. 주변에 조깅 코스도 있고 공원도 있지만 그는 굳이 그 길을 택했다. 이모와 웅을 위한 배려 같기도 했다. 어떤 때는 셋이 길에서 만나 나란히 집으로 돌아가기도 했다. 그럴 때면 웅은 삼남매의 막내가 된 기분이었다. 이모와 릭은 취향도 비슷했다. 먹물형답게 둘이 어떤 화제를 떠올리면 이야기가 낚싯줄처럼 끝도 없이 풀려나왔다. 엄마 아빠 간에 최소한의 대화마저 사라져 버린 냉랭하고 위태로운 웅의 집 분위기와는 딴판이었다. 각기 성姓이 다른 사람끼리였어도 관계에 대한 믿음과 온기가 깔려 있었다. 이들이라면 오래도록 함께할 수 있을 것 같았다. 뜻밖의 문제와 맞닥뜨리기 전까지는······.

릭은 오늘도 산책에 나섰을까. 지난주부터 웅이 이런저런 핑계를 대며 피했더니 이번 주에는 문자 메시지 한 번 없었다. 지난 열흘간, 웅은 귀갓길에 그와 마주치지 않으려고 한 정거장 더 가서 내렸다. 버스에 탄 모습을 감추려 모자까지 눌러썼다. 예민한 릭이 눈치채지 않았을까. 사실 웅이 속내를 터놓는다면 릭의 성격상, 웅을 불편하게 하는 일 같은 건 하지 않을 것이다. 하지만 그러고 싶지 않았다. 자신이 내세웠던 공동생활 수칙 1번, 그걸 저버리는 걸로 비칠 순 없었다. 짙은 고딕 글씨로 씌어진 그것은 웅의 책상 바로 앞에 감시관처럼 붙어 있었다.

'각자의 취향을 존중한다.'

이모에 따르면 그건 '취향'에 속하는 문제였다

"왜 처음부터 나한테 얘기 안 해 줬어?"

웅이 맨 처음 그 문제를 꺼냈을 때였다.

"릭 문제?"

이모는 반사적으로 되물었다.

"거봐, 이몬 다 알고 있었으면서……."

"그게 무슨 문제가 돼? 릭이 너한테 뭘 어떻게 했는데?"

릭과의 일들이 터치 폰 화면처럼 스쳤다. 늦은 밤 산책 겸 웅을 마중 나와 준 것, 웅의 부탁에 따라 영어로 대화해 준 것, 볼만한 책 추천해 준 것, 공휴일에 가끔 영화 보여 주고 피자 사 준 것 등등 베풀어 준 친절이 다였다. 이모의 미션을 해내야 했던 날, 릭은 첫인상부터 웅의 가슴에 잊지 못할 은인으로 남았다.

"아니, 릭이 이 매운 걸 어떻게 먹으라고."

이모는 웅이 만들어 내놓은 요리를 보며 놀라워했다. 라면 다음으로 웅이 자신 있게 만들 수 있었던 요리, 라볶이였다.

"괜찮아요."

릭은 이모의 우려를 가볍게 날리며 식탁에 앉았다. 기대와 호기심으로 반짝이는 눈빛이었다. 그는 포크 대신 젓가락을 택하더니 서툰 젓가락질로 고추장 범벅의 라볶이를 집어 올렸다. 꼬불꼬불 시뻘건 라볶이 면이 그의 입으로 빨려 들어가는가 싶더니 이내 기침과 함께 입 밖으로 미끄러져 나왔다. 이모는 재빨리 테이블 위의 물컵을 릭에게 내밀었다. 릭은 물부터 들이켰다. 당황하긴 웅도 마찬가지였다. 울며 겨자 먹기로 테스트에 응했지만 포기할 생각은 없었다. 어떻게든 관문을 통과해 이모 집으로 옮겨 와 살고 싶었다.

릭은 입을 호호거리며 손으로 부채질까지 했다. 놀란 혀를 가라앉힌 그는 다시 시식에 들어갔다. 라볶이를 먹는 내내 같은 동작이 되풀이되었다. 라볶이 한 젓가락 물 한 모금, 또 한 젓가락 물 한 모금……. 릭의 이마와 콧잔등에 땀이 맺히고 눈에 눈물이 그렁그렁했다. 그 와중에도 릭은 웅과 눈이 마주치면 미소를 잊지 않았다. 땀과 눈물, 콧물까지 훌쩍이며 그는 웅의 요리를 끝까지 먹었다.

"판타스틱!"

말끔히 비운 쟁반을 들어 올리며 릭은 웃었다. 환한 그의 표정이 합격 통보 도장처럼 웅의 가슴에 선명하게 찍혔다. 감동은 거기서 그치지 않았다. 릭은 조목조목 짚어 가며 웅의 요리 실력을 평가했다. 면요리는 무엇보다 면발의 쫄깃한 식감이 중요하다는 것, 매운 음식은 매운 맛의 깊이가 핵심인데 웅의 라볶이는 자신이 먹어 본 몇 안 되는 매운 요리 중 최고였다는 것 등이었다. 웅이 유명 요리 사이트 레시피를 꼼꼼히 참조하고 학교 앞 단골 분식집에서 먹었던 맛을 떠올려 가며 성의껏 만들었던 음식을 릭은 맛으로 정확하게 짚어 냈다. 그처럼 릭은 세심하고 배려가 남달랐다.

"보통 남자 같았으면 내가 집에 들였겠니."

이모의 말에 포함된 건 릭의 됨됨이와 자질만이 아니었다. 나중에 알게 된 사실지만 남들과는 다른, 그의 타고난 성향을 지적한 말에 더 가까웠다.

"이번 주 일요일 영화 보러 갈래?"

릭의 제안에 웅은 선뜻 응했다. 그와의 외출은 신나고 유익했다. 눈과 귀가 즐거운 건 물론 혀까지 만족해하는 나들이였다.

"이런 영화도 생각보다 재미있네."

웅이 영화관을 나오며 말했다.

"다행이다. 난 기대가 커서였는지 사실 별로였는데."

릭은 평소와는 달리 냉소적이었다. 동성애자 감독이 만든 동성애 영화였다. 여자 동성애자와 남자 동성애자가 위장 결혼을 하면서 겪는 우여곡절, 그러다 결국 각자 좋아하는 동성 애인끼리 다시 결혼하게 되는 슬프고도 유쾌한 해피엔딩 영화였다.

"실은, 이것 얻으려고 했던 질문이었어."

릭이 뮤지컬 초대권을 꺼내 보이며 흐뭇해했다. 영화 끝나고 특별 이벤트로 감독과의 대화가 마련돼 있었다. 릭은 영화에서 다룬 문제에 대해 오랫동안 고민해 온 사람처럼 감독에게 질문을 던졌다. 둘 사이에 꽤나 진지한 대화가 오가는가 싶더니, 마침내 여러 질문자 중에서 릭이 뮤지컬 초대권의 수혜자가 되었다.

커피의 맛

"다음에 이거 같이 보러 가자."

릭은 봉투에서 꺼낸 티켓을 지갑에 챙겨 넣으며 말했다.

그 일이 있고 얼마 뒤였다. 웅이 친구 생일 파티로 늦게까지 놀다 집에 온 날이었다. 막차인 버스에서 내렸을 때는 자정이 훌쩍 지난 시간이었다. 어두운 골목길 모퉁이를 접어들 때, 불쑥 뒤에서 누가 다가섰다. 놀라 돌아봤더니 릭이었다.

"대체 어떻게 된 일이야!"

대뜸 날아든 큰 소리에 웅은 정신이 번쩍 들었다. 노래방에서 마신 맥주로 알딸딸한 상태였던 것이다.

"전화는 또 왜 안 받아?"

릭의 화난 모습을 보는 건 처음이었다.

웅은 주머니의 휴대폰을 꺼내 보았다. 배터리가 나간 상태였다.

"걱정했잖아. 무슨 일 있는 줄 알고."

흥분이 가라앉자 릭은 안도하며 웅을 꺼안았다. 얼떨결에 웅은 그의 품에 안겼다. 초등학교 1학년 야외 학습 때 숲에서 길을 잃어 반나절 만에 자신을 발견한 담임선생 품에 안겼던 후로 남자한테 안긴 건 처음이었다. 집에 돌아와 휴대폰 배터리를 갈아 끼우면서 웅은 새로운 사실을 발견했다. 11시부터 1시간 남짓 동안 릭에게서 걸려 온 전화 기록이었다. 부재중 전화 37통. 그걸 보는 순간 웅은 소름이 돋았다.

"그러니까 이모는 이미 알고 있었단 얘기잖아. 릭에 관해."

웅이 따지고 들었을 때, 이모는 그게 무슨 문제가 되느냐는 태도였다. 이모한테는 릭이 최고의 하우스메이트였다. 평소 이모가 가장 이상적이라고 말해 왔던 모델인 게이, 즉 남자 동성애자였던 것이다.

"감독님은 이성애자를 좋아해 본 적 있으신가요?"

그날, 영화를 보고 난 뒤 릭이 감독에게 던진 질문 중 하나였다.

되짚어 볼수록 그건 웅 자신을 염두에 둔 질문 같았다. 릭이 굳이 그런 소재의 영화를 보자고 한 의도도……

"형, 다음 주는 아무래도 힘들겠어. 시험도 얼마 안 남았고."

웅은 뮤지컬 관람 약속을 취소했다. 릭의 비밀을 안 순간부터 둘이서 뭘 한다는 사실이 꺼려졌다. 아무리 생각해도 릭의 친절이 순수한 의미에서 나온 게 아닌 것 같았다.

"릭은 원래 그런 친구야. 누구한테든 다 잘해 줘."

이모가 말했다. 하지만 릭은 웅 자신에게는 다른 사람과 달리 각별한 것 같았다. 이모에 비하면 웅 자신에게 갖는 관심과 배려가 더 세심하고 깊었다. 밤 산책도 귀갓길의 웅을 만나기 위한 의도가 분명해 보였다. 그동안 릭과 지냈던 일들을 떠올리자 그의 눈빛과 행동, 손짓 하나하나까지 생생하게 살아났다. 영어로 대화할 때 손이 자연스레 웅의 뺨을 스치거나 머리를 쓰다듬었다. 걸을 때도 곧잘 어깨에 팔을 올려놓으며 친근감 있게 대했다. 그 모든 것이 릭의 비정상적인 성적 취향에서 나온 거라고 생각하니 온몸이 스멀거렸다.

"형, 이젠 산책 때, 나 기다리지 마. 비상 시기라 학원도 언제 끝날지 몰라."

웅은 이런 저런 이유를 대며 릭을 피하기 시작했다.

"정상과 비정상이 쪽수로 나뉘는 줄 아니?"

웅이 릭 문제를 놓고 '비정상' 운운했을 때, 이모는 그렇게 쏘아붙였다. 이모와 말싸움한다는 건 다윗과 골리앗의 싸움이나 다름없다는 걸 잘 아는 웅은 더는 그 문제를 꺼내지 않았다. 촌스럽고 꽉 막힌 '고딩'으로 보일 게 뻔했다.

버스가 멈췄다. 늦은 시간임에도 정류소는 근처 고등학교 학생들로 북적였다. 가장 행렬에 나선 사람들처럼 다들 짙은 분장과 특이한 차림이었다. 그들이 우르르 버스에 오르자 조용하던 실내가 떠들썩해졌다. 드라큘라, 피에로, 백설공주, 난쟁이, 마법사 등 영화나 동화 속 주인공이 등장하면서 버스 안은 무대 뒤 분장실로 둔갑했다. 울긋불긋 요란한 모습의 학생들 사이에 있으니 웅은 평범한 차림의 자신이 오히려 튀어 보였다. 흰 쌀밥에 실수로 섞여 들어간 조각돌처럼 자신의 존재가 이물스럽게 느껴졌다. 쪽수에서 밀리니 그들과는 다른, 외계에서 뚝 떨어진 이상한 생물체로 전락한 느낌이었다.

이모와의 약속 장소까지는 두 정거장 남았지만 웅은 바로 전 정류소에서 내렸다. 모처럼 집 앞 정류소에 내린 셈이었다. 산책 중인 릭과 맞닥뜨려도 좋을 것 같았다. 그동안 일부러 그를 피해 온 혐의를 벗어날 기회다. 보도가 끝날 때까지 릭은 보이지 않았다. 산책에 나서지 않은 걸까, 아니면 산책로를 바꾼 것일까.

"부모님이 날 이곳으로 보냈어. 그들은 내가 한국에서 생활하면 이곳 정서에 적응할 거라고 생각하셨나 봐. 이 나라가 얼마나 빠르게 변해 가는지 잘 모르신 거지."

언젠가 영어로 대화를 나눌 때 릭이 가족 이야기를 떠올린 적 있었다. 돌이켜 생각하니 그의 성적 정체성에 관한 얘기 같았다. 하지만 웅은 그것과 아무 상관없는 말을 늘어놓았던 기억이 났다. 영어로 할 때는 하고 싶은 말보다는 할 수 있는 말을 하게 된다. 시시껄렁한 웅의 말을 반복해서 들어야 했던 릭은 얼마나 지루했을까. 그럼에도 내색한 번 없었다. 웅이 원하면 그는 산책길을 몇 번이나 되풀이해 오가는 일도 마다하지 않았다.

"불행히도 이성애자를 사랑하게 되었다, 그럴 때도 자기감정에 솔직해지세요. 이미 커밍아웃이 대세인 시대잖아요. 자신을 감추는 걸 남에 대한 배려라고 생각지 말라고요. 남들도 당신에 대한 배려 정도는 갖고 있으니……."

감독은 자신의 일인 양 릭의 질문에 성의껏 답해 주었다. 되짚어 볼수록 릭의 물음은 자신의 체험에서 나온 것 같았다. 질문에 나온 이성애자는 웅 자신이 분명해 보였다. 릭의 비밀을 안 순간부터 웅은 가슴을 졸이기 시작했다. 릭이 그때 영화감독의 조언을 받아들여 감정을 고백해 오기라도 하면 어쩌나, 겁이 났다. 아무리 생각해도 감당하기 어려운 일 같았다. 피하는 게 상책이었다. 지난 열흘간 웅은 릭과 마주치지 않으려 애썼다. 그런 고민도 사실 어제까지의 일이 돼 버렸지만…….

"아니다 싶으면 언제든 짐 싸서 오너라."

집을 나설 때, 아빠는 그렇게 말했다.

"공부에 방해가 되면 절대 안 된다."

엄마는 웅의 요구를 마지못해 들어 주는 이유가 오로지 입시 문제

때문이라는 걸 강조했다. 어쨌든 모두 웅의 편인만큼, 집으로 다시 들어가는 건 문제도 아닌 것이다.

"어서 와."

이모는 커피 전문점 바깥 테이블에 노트북을 펼쳐 놓고 앉아 있었다. 이미 커피 한 잔을 비운 뒤였다. 이모는 화면에 띄워 놓았던 창들을 하나씩 닫기 시작했다.

"뭐 마실래. 마끼아또?"

노트북을 접고 일어나며 이모가 물었다.

"아메리카노."

웅은 처음으로 이모가 늘 마시는 커피 메뉴를 골랐다.

"웬일이야?"

뜨악해하는 표정을 지어 보이더니 이모는 카운터로 향했다.

"아까 마셔 놓고 또 마셔? 이 늦은 시간에?"

커피 두 잔이 테이블에 올려지자 웅은 걱정스럽게 이모를 쳐다보았다.

"나 같은 커피홀릭은 커피가 수면제야."

"특이 체질이야. 여러 모로."

"시럽 넣을래?"

"아니. 순수한 커피 맛 한번 봐야지."

호기롭게 말하고 웅은 첫 모금을 들이켰다. 읍, 소리가 날 만큼 썼지만 꾹 참았다.

"오늘, 엄마 만났어."

이모가 먼저 용건을 꺼냈다.

"당분간 너한테 비밀로 하랬는데, 너도 일찌감치 아는 게 나을 것 같아서……."

끝을 흐리는 이모의 말에 웅은 긴장했다.

"엄마 아빠, 정식으로 갈라섰어. 너도 웬만큼 예상한 일이잖아."

이모는 웅을 흘끗 일별하고는 시선을 커피 잔으로 옮겨갔다.

"그랬지."

웅은 애써 태연한 목소리로 대꾸했다. 하지만 허를 찔린 기분이었다. 하필이면, 집으로 돌아갈 마음을 굳힌 지금 그런 일이 일어난단 말인가. 돌아갈 곳이 그 어느 때보다 절실해진 마당에…….

"아빠는 해외 지사 발령 났고, 엄마는 할머니 모시고 당분간 미국 외삼촌 댁에 가 있을 거야."

금이 갈 대로 가 있던 집이 드디어 허물어진 것이다. 각오하고 있었던 일이다. 집을 나오기로 작정했을 때는 내심 그런 결과를 바라기도 했다. 자신이 엄마 아빠 사이의 징검다리라고 생각했는데, 결국 걸림돌에 지나지 않는다는 걸 깨달았던 것이다. 살얼음판 위에서 가슴 졸이며 사느니 깨진 얼음 조각이라도 붙잡고 망망대해로 나아가는 게 낫다고 생각했다. 빙하를 만나 침몰하는 한이 있더라도…….

"차라리 잘됐네."

웅이 냉소하듯 던졌다.

공을 상대에게 넘긴 이모는 묵묵히 커피만 마시고 있었다.

바라던 대로 된 것일 뿐이야. 웅은 스스로를 납득시켰다. 온 가족이 지금껏 창살 없는 감옥에서 살아오지 않았나. 그러니 허물어진 집은 자유를 뜻하는 것이다. 웅 자신은 물론 엄마 아빠 모두에게. 그 자유의 씨앗을 싹틔우는 데 웅은 자신이 조금이나마 기여했다고 생각했다. 그러자 침울하던 기분이 조금 나아졌다.

웅은 다시 커피를 홀짝였다. 썼다. 아니, 처음보다는 덜했다.

"어때 먹을 만해?"

이모가 물었다.

"쓴맛만 나는 건 아니네."

맛을 음미하듯 웅은 몇 번 입맛을 다셨다. 고소한 맛도 있고 신맛도 좀 났다.

"거봐, 직접 마셔 보니 생각하던 것과는 다르지?"

이모의 말에 웅은 천천히 고개를 끄덕였다.

"뭐든지 생각했던 거랑은 다르더라고."

웅의 목소리가 낮게 가라앉아 있었다.

"너도 이제 쓴맛을 알 때가 됐나 보다."

이모는 장난스럽게 웃었다.

릭에 대한 웅의 고민거리가 가족 문제로 넘어가더니 어느새 커피 맛으로 대체해 있었다.

"이모가 나 받아들일 때 왜 그렇게 까다롭게 굴었는지 알 것 같아."

웅이 진지한 목소리로 말했다.

"일종의 안전장치였지? 가령 이런 경우에 대비한……."

웅은 이모의 눈을 빤히 들여다보았다.

"웅이 너, 하우스메이트 자질 있다. 경험이 바로 깨우침으로 연결되니."

이모가 가볍게 웃으며 말했다.

웅은 남은 커피를 천천히 마셨다. 곰곰 되짚어 보니 자신은 문제가 생길 때마다 지금껏 도피할 궁리만 해 왔다는 생각이 들었다. 문제가 없는 다른 곳을 찾아가는 것, 그걸 해결이라고 착각했던 것이다. 피할 곳도 없어진 지금, 이제는 문제와 정면으로 부딪치지 않으면 안 된다. 웅은 현실을 또렷이 깨우쳤다. 커피의 각성 효과인가? 웅은 남은 커피를 말끔히 비우며 생각했다.

"이제 그만 들어가자."

이모가 자리에서 일어났다.

웅은 이모를 따라 나서며 생각했다. 자신의 문제를 먼저 꺼내지 않은 건 다행이라고……. 그나저나 이제 릭과 마주하면 어떻게 하지? 성姓은 물론, 성性도 성적 취향도 다른 세 사람이 어떻게 한 지붕 아래서 잘 살아갈 수 있을까? 이런저런 고민을 떠올리며 웅은 집을 향해 걸음을 옮겨 놓았다.

커피의 맛

표명희

사과가 많이 나는 고장에서 나고 자랐다. 지금도 첫 식사는 사과로 할 정도로 좋아하고 많이
먹는다. 천성이 게을러서인지 물건을 별로 좋아하지 않는다. 집에는 생활에 필요한 최소한의
물건만 있다. 친구가 많지 않은 것도 게으름 탓이라고 생각한다. 좀 더 부지런하고 적극적으로
살려고 노력중이다.

2001년《창작과 비평》신인 소설상을 받으며 문단에 나왔다. 그동안 펴낸 책으로 소설집『3
번 출구』『하우스메이트』, 장편 소설『황금광시대』, 그리고 청소년 소설로『오프로드 다이어
리』와『라일락 피면』(공저)이 있다.

● **1. 릭에 대한 웅이의 생각이 어떻게 변해 가는지 그래프로 그려 봅시다.**

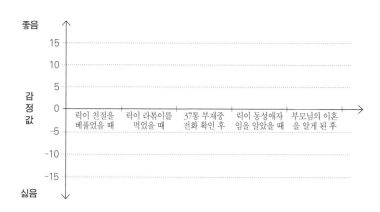

2. 다음 대화에서 '안전장치'는 무엇을 의미하는지 생각해 봅시다.

> "이모가 나 받아들일 때 왜 그렇게 까다롭게 굴었는지 알 것 같아."
>
> 웅이 진지한 목소리로 말했다.
>
> "일종의 안전장치였지? 가령 이런 경우에 대비한……"
>
> 웅은 이모의 눈을 빤히 들여다보았다.
>
> "웅이 너, 하우스메이트 자질 있다. 경험이 바로 깨우침으로 연결되니."
>
> 이모가 가볍게 웃으며 말했다.

커
피
의
맛

3. 최소한의 대화마저 사라져 버린 냉랭하고 위태롭던 집에서의 생활과 성(姓)은 물론 성(性)도 성적 취향도 다른 세 사람이 함께 사는 이모네 집에서의 생활을 비교해 봅시다. 또 웅이에게 상처, 또는 위로가 되었던 부분도 함께 생각해 봅시다.

	부모님 집	이모네 집
웅이의 기분		
상처가 된 부분		
위로를 준 부분		

4. 다음 그림이 각각 무엇으로 보이는지 적어 본 다음, 이어지는 글을 읽고 여러분도 편견에 의해 다른 사람을 오해하거나 그 사람의 장점을 보지 못한 적은 없었는지 되돌아봅시다.

첫 번째 그림은 왼쪽 위를 올려다보는 오리, 또는 오른쪽 위를 올려다보는 토끼 두 가지로 볼 수 있다. 두 번째 그림은 노파처럼 보이지만 그림을 뒤집으면 젊은 공주가 된다. 우리가 어떤 관심, 어떤 믿음, 어떤 지식을 갖느냐에 따라 똑같은 것도 다르게 보인다. 만약 우리가 마음속에 편견을 갖고 있다면 사물과 사람의 다른 면을 보지 못할 수 있다.

5. 다음 글을 읽고 여러분이 만약 회사의 면접관이 된다면 어떤 것들을 물어볼지 질문 리스트를 만들어 봅시다.

미국 버지니아 주의 인권위원회는 남녀 차별을 막기 위해 이력서와 자기 소개서에 성별을 표시하거나 Mr.나 Mrs.등 성별을 알 수 있는 표기를 쓰지 못하도록 한다. 또 외모와 나이, 인종에 따른 차별을 막기 위해 몸무게, 키, 출신 국가, 생년월일을 묻는 것도 금지한다. 피부색뿐 아니라 머리카락 색, 눈의 색깔을 묻는 것도 금지 사항이며 심지어 사진도 붙이지 못하게 한다. 종교, 범죄 기록, 군 경력, 장애 유무를 묻는 것도 금지되며 재산 상태를 묻는 것도 안 된다.

질문리스트

커피의 맛

6. 다음은 영화 〈엑스맨〉을 사회에서 차별과 편견에 시달리는 소수자의 입장에서 바라본 칼럼입니다. 글을 읽고 사회적 소수자들과 더불어 살아가기 위해서는 어떻게 해야 할지 생각해 봅시다.

엑스맨은 다른 슈퍼 히어로와는 달리 태생이 다소 정치적이다. 〈엑스맨〉 시리즈를 한 번이라도 본 이들이라면 느꼈을 것이다. 돌연변이 초능력자들의 고민은 사회적 소수자에게서 느꼈던 모습과 닮았다. 1960년대 초 사회적 소수자와 약자의 인권에 대한 외침이 커져 가던 시대에 탄생한 〈엑스맨〉 시리즈는 당시 시대의 고민을 고스란히 담아내고 있다.

엑스맨들은 끊임없이 고민한다. 사회에서 고립된 자신의 존재에 대해, 그리고 사회에 맞서는 방법에 대해. 매그니토처럼 투쟁심으로 사회에 대항하기도 하고 자비에처럼 평화적으로 사회를 변화시키려 노력하기도 한다. 사회에 대처하는 방법이 온건적이든 과격하든 엑스맨 모두가 바라는 것은 똑같다. 대중의 편견을 없애는 것. 사회적 소수자들을 상징하는 초능력자들은 자신의 능력을 고쳐야 할 질병이라고 여긴다. 틀림과 다름을 구분하지 못하는 사회에서 성적 소수자, 장애인, 혼혈인 등이 고민하는 그것과 닮았다.

엑스맨들은 돌연변이 초능력자로 서로를 이기려 싸우는 모습을 보여 주지만 그들이 진짜 싸우고 있는 것은 사회의 편견이었다. 하지만 인간들은 자신들을 보호해 준 엑스맨들에게조차 편견을 쉽게 거두지 못하고 사회적 소수자와 약자의 힘든 현실을 그대로 보여 준다. 좌절하는 우리 사회의 소수자들. 이것은 오로지 사회의 편견에서 비롯된 것이다.

김상균, 〈엑스맨, 사회적 소수자들의 외침〉(국가인권위원회 부산인권사무국 인권기자단) 중에서

7. 다음 글을 읽고 '중요한 것은 자신의 삶을 살아가는 것'이라는 말의 의미를 생각해 봅시다.

교육이란 '섞이는 것'이라고 나는 믿는다. 교실에는 할 수만 있다면 온갖 아이들이 있어야 한다. 거기에는 남학생도, 여학생도, 공부를 잘하는 아이도, 못하는 아이도, 갑부 집 아이도, 철거민의 자녀도, 다문화 가정의 아이도, 이주 노동자 자녀도, 장애를 가진 아이도 섞여 있어야 한다. 그리하여 장애 학교에서는 그 학교의 전부이던 장애가, 귀족 학교의 전부이던 부유함과 지적 총명함이, 실업계 학교의 전부이던 가난과 일탈이 실은 우리의 인간됨을 구성하는 다양한 배경의 하나일 뿐이라는 사실을 알 수 있어야 한다. 그리하여 내 존재에 찍힌 가난과 열등의 낙인이, 부유함과 우월의 표지가 실은 별것 아님을, '나는 그저 나일 뿐'임을 깨달을 수 있다면, 그때서야 그는 자신의 삶을 살 수 있다.

이계삼, 『영혼 없는 사회의 교육』(녹색평론사) 중에서